BENVOLGUDA

Aquesta obra ha obtingut el Premi de les Lletres Catalanes Ramon Llull 2022, concedit pel següent jurat: Carles Casajuana, Pere Gimferrer, Isona Passola, Núria Pradas, Gerard Quintana, Carme Riera i Emili Rosales.

EMPAR MOLINER

BENVOLGUDA

Premi Ramon Llull 2022

Columna

COL·LECCIÓ CLÀSSICA
PRIMERA EDICIÓ: MARÇ DEL 2022
SEGONA IMPRESSIÓ: MARÇ DEL 2022

AV. DIAGONAL, 662-664 - 08034 BARCELONA
ISBN: 978-84-664-2882-8
DIPÒSIT LEGAL: B. 3.437-2022
FOTOCOMPOSICIÓ: GRUP62
IMPRÈS A CATALUNYA - *PRINTED IN CATALONIA*

www.columnaedicions.cat

Àlex, Gin.

«Al voltant de Clarissa hi havia diverses persones implicades en els greus esdeveniments de l'època. Ella, però, tenia el seu fill, de manera que el que més li importava eren els petits esdeveniments».

Clarissa, STEFAN ZWEIG

«The morning sun when it's in your face really shows your age».

«Maggie May», ROD STEWART

«Havia tingut ideals i emocions, i avui no li resta sinó un culte meticulós de la higiene».

Les bonhomies, JOSEP CARNER

Asseguda al seient del mig del darrere del cotxe, curull d'indicadors d'estabilitat familiar (un catàleg rebregat i esgrogueït de Media Markt, un paraigua plegable a terra, bosses de súper entatxonades a la guantera per si la nena vomités...) veig, en un instant precís d'aquesta tarda, que el meu estimat i jove marit s'enamorarà de la noia que ara seu al meu seient, al seu costat. Ell no ho sap, encara, que se n'enamorà. La noia, tampoc. Només jo. Ho sé. Sé que se n'enamorà com es va enamorar de mi, i no en tinc cap dubte. Cau una pluja de peixateria.

Penso que haig de preparar-me per a aquest moment que encara no ha arribat però que no pot trigar gaire, i jo en tinc la mateixa certesa que si m'hagués fet un Predictor matrimonial. Ràbia? No, de cap manera, i això que jo la voldria, la ràbia, però la ràbia ja no és part de mi. Trasbals, sí. Ni tan sols resignació, perquè fins i tot la resignació em sembla una actitud massa activa. És un mirar-m'ho calmosament, com si jo no fos la mateixa que, quinze anys enrere, va emmalaltir de gelosia per ell. Però és que no soc la mateixa. Acabo de recordar, perquè juro que no hi havia pensat més, que ja tinc el certificat de menopàusica oficial. I això ho canvia tot.

«No es pot considerar menopausa fins que no faci un any que se t'ha retirat», em va dir la doctora quan jo, com totes, hi havia anat i li havia dit, com totes (ens prenem les convencions femenines amb un gran rigor) que la regla ja em feia «una mica el burro». A ell, al meu estimat marit, no n'hi havia dit res. No calia proclamar-ho al quatre vents. Em semblava que, en ser, com és, deu anys més jove que jo, li usurpava una dècada de quotidianitat i menyspreu menstrual a la qual encara tenia dret. (*Usurpar* és 'prendre injustament', ho acabo de buscar al diccionari). La doctora va dir: «Quan faci un any de l'última regla, torna».

I la regla no va aparèixer cap mes més, ni per acomiadar-se. Però jo era la de sempre, què carai, i no hi vaig tornar. No vaig dir que ja no em venia. Vaig deixar de dir que em venia.

Aclarim-ho. Fins a aquest moment se m'ha considerat una ben hidratada i encisadora dona madura (sí, sí, no semblo de la meva edat, cap de nosaltres no ho sembla, ho diu tothom, els nostres anys estan «moltben-portats»). Corro seixanta quilòmetres per setmana, els dilluns vaig a *body pump* i els dijous a GAC (sigla de «Glutis-Abductors-Cames») i prenc píndoles de col·lagen malgrat els estudis que en qüestionen l'eficàcia. Això haig de remarcar-ho, no estimo la modèstia: encara puc ser una bona oferta. A més, fins ara he practicat les postures sexuals prefeministes amb completa dedicació i goig. En les fantasies al llit he sentit el plaer de ser prostituta, usada com un objecte sexual; he dit «posseeix-me» sense fer ni un bri de broma, amb tota la sinceritat del meu cor i el meu cony, i ho he fet amb plaer. Totes les dones intel·ligents de veritat (les que no hi ha dubte que ho som) ja donem per descomptat que som una bona conversa i el que volem ser és un bon clau. He volgut, per damunt de tot, ser desitjada, i ho he sigut. Que puc ser estimada, ja ho sé. S'estima qualsevol cosa.

Et parlen i et parlen de «la cultura de l'esforç» i les de la meva edat en endavant la coneixem bé, aquesta «cultura», perquè ens passem el dia esforçant-nos. Hem sigut boniques, totes a la nostra manera; la majoria encara en som. Tothom ens veu tan àgils, que no calcula que a les nostres sabatetes, als nostres mitjonets, hi ha algun dit que ja es corba per l'artrosi. Adeu sandàlies! Hola podòleg? Les de seixanta se'n riuen, de nosaltres; troben que exagerem per obtenir l'elogi, de la mateixa manera que nosaltres ens en riem de les de quaranta (trobem que exageren per obtenir l'elogi), però és que les de setanta se'n riuen de les de seixanta (troben que exageren per obtenir l'elogi), i això va així, de deu en deu, fins al final.

Per no semblar vella a partir d'ara, si no és que «t'abandones» (l'expressió és exacta: ets tu mateix que et deixes caure a tu mateix), et cal la complicitat necessària i opaca d'altres dones. Més joves, més velles, més grasses, més primes. Peus, mans, cares, sotabarbes, caps. Totes aquestes parts necessiten el secret. Vet aquí la definició de la «dona madura»: sense ulleres no ens podem depilar les celles, perquè de prop ja no ens hi veiem i, per tant, per veure'ns els pèls ens hem de posar les ulleres de veure-hi de prop. Però si ens posem les ulleres de veure-hi de prop per veure'ns els pèls que no ens veiem sense ulleres, no ens els podem depilar, perquè les ulleres ens els tapen.

El meu home, les coses com siguin, és el primer que la remarca, la meva aparent joventut, i ho fa amb orgull (tothom diu que semblem de la mateixa edat). Cinquanta i tants, no, ni de conya. Amb aquests cabells esborrifats que tots els perruquers (els grans i gairebé únics generadors d'elogis que tenim) ponderen, les cames d'esportista, les quatre arrugues delicioses, aquests ulls sense bosses (o no gaires, si no he begut) i l'actitud corporal desmanegada, com un doll, i aquest riure, que ho és tot. Ara ningú de la nostra edat sembla de la nostra edat, perquè actuem amb despreocupació juvenil i una actitud lúdica, infantilitzada, mig pels signes dels temps, mig pels avenços de la medicina.

Surto a córrer i mentre corro recordo:

Tocaven campanades a morts i l'àvia ens deia, tota àvida, críptica, alterada: «Correu, nens, aneu a veure qui s'ha mort!». A la seva mirada hi havia el triomf salvatge de la supervivent. Un to de veu amb més aire que so. Volia afligir-se, però gaudia del moment abans de fer-ho. Algú s'havia mort i no era ella.

El meu germà i jo sortíem adelerats cap a l'església. «Ràpid, nens, digueu-me qui s'ha mort!».

La ginecòloga devia ser més gran que jo —però no tinc cap habilitat per determinar l'edat de ningú— i estava prima. Ho dic perquè, mentre m'escrivia peticions d'anàlisis, s'interrompia de tant en tant per aconsellar-me que fes les coses que ella mateixa, segurament, feia, i sobretot les que no feia. Que vigilés l'alimentació, perquè ara, «menjant el mateix que abans», m'engreixaria. I que caminés (que «procurés caminar», va dir) mitja hora al dia. Això, a mi (que aquell matí havia corregut dotze quilòmetres per la muntanya) em va fer torçar la boca amb arrogància i avorriment. De qui estava parlant?

Quan va haver dictat sentència, em va advertir el que em passaria si no feia les tasques encomanades (a saber: moderar l'alcohol, fer-me la depilació làser als pèls de la sotabarba abans que no es tornessin blancs, analítiques...) i jo me'n vaig fer un dibuix al cap: tot de menopàusiques desobedients, que naturalment no eren jo, convertides en una mena de gnoms. Encongides i disminuïdes (per la descalcificació), panxudes i geperudes (per la distribució irregular del greix), de mirada perduda (per la miopia) i peludes de cara però calbes del cap (pel canvi hormonal).

«Prego que practiquin a la senyora Remei Duran hemograma i fórmula, VSG, p. coagulació, glucèmia, siderèmia, ferritina, GOT, GPT, GGT, FA. Colesterol total i fraccions».

Me'n vaig oblidar del tot. Dec tenir el paper rebregat al portamonedes. No era jo. No podia passar-me a mi, tot allò que deia la doctora, o m'hauria de posar un barret punxegut i anar a sota terra a fer treballs de forja.

I així aquesta tarda espero el meu amor al lloc on sempre quedem per anar plegats a casa. Vivim enmig d'un conjunt de cases unifamiliars petites i estretes d'un poble lletjot del Vallès Occidental que són part d'una promoció que no va acabar-se. Van vendre quatre cases, comptant-hi la nostra. En queden quatre més (la del final té okupes) sense allò que en diuen «els acabats», perquè el promotor va fer suspensió de pagaments i va desaparèixer. Nosaltres vam ser els últims a mossegar l'ham. A prop hi ha un parc infantil, enmig del no-res, que va servir per il·lusionar falsament els compradors. Tenim una piscina comunitària escrostonada, que tot sovint es posa verda, perquè la cuida una empresa que ens surt molt barata (només som quatre veïns per pagar, els okupes no compten) que ve de tant en tant. El conjunt de cases es veu des de l'autopista, com una nau espacial acabada d'aterrar de qualsevol manera en un terreny irregular. Es diu «Urbanització Llac del Cigne» i la visió no pot ser més tragicòmica. És un somni, no se sap si burgès o hippy, de pa sucat amb oli.

Corrent penso:

La nostra filla volia un Furby, l'any passat, per Reis. Volia la idea de tenir un ésser viu, el germà petit que no arribaria, algú a qui ensenyar coses. El Furby era un ninot de color rosa i blau, que gastava moltes piles, perquè parlava. Tenia moltes personalitats. Quan canviava de personalitat deia: «¡Cambiando!». En l'idioma Furby cantava: «Oh ka ti, sí, sí, sí».

Quedem sempre en aquella plaça, quan anem a fer «encàrrecs» a Barcelona. Hi ha una església lletja, al mig, rodona i una mica elevada. Una església com una rotonda, envoltada de cotxes que van i venen. Jo m'espero asseguda a les escales, però, com que cau aquesta pluja de peixateria, avui no ho faig. Entro en un bar (el detall és important) d'aquests que agraden a les esposes —les esposes que no soc jo, perquè jo no soc una esposa— per fer temps. Un bar on hi ha espremedor de suc de taronja i, en canvi, no hi ha màquina escurabutxaques.

—Un tallat —dic.

Insisteixo, el detall és important: jo hauria estat asseguda a les escales.

I vet aquí que el cambrer, amb tota naturalitat, amb rutina i innocència, em fa una pregunta que cap cambrer m'havia fet mai, mai abans:

—Amb llet de soja?

Amb llet de soja. Al meu cap hi ressonen corxeres de trompetes i timbales fatals. No estic acostumada a demanar tallats, demano sempre *old fashioned*, i als llocs on saben fer aquest còctel (passat de moda) cap cambrer et pregunta mai si el terròs de sucre que remullarà amb angostura, abans d'afegir-hi la soda i el bourbon, el vols integral, perquè ja entén que si ets allà no t'amoïna morir aviat per alguna malaltia silenciosa relacionada amb les artèries.

M'imaginava que un dia, encara molt llunyà, algú més jove em cediria el seient al tren. I, previsora com soc, ja havia fet la broma (el bocinet de broma banal, exagerada i benestant que ens pertoca fer passats els trenta) dècades enrere sobre el fet que també algú, per primer cop, m'havia dit «senyora» i no «noia». Allò de: «Un nen, avui, m'ha dit senyora!». I continues vivint i rient.

Però... amb llet de soja? Amb llet de soja? Encara em poso els texans d'abans d'estar embarassada als trenta-nou, tinc alguna faldilla de quan en tenia trenta, però el cambrer ja m'ha llegit al front aquell lema associat a les senyores dels anuncis dels plans de pensions: «intolerància a la lactosa», ergo «menopausa».

Amb llet de soja? Dic que sí. Amb llet de soja. Què puc dir? I la tasto per primer cop, i té un regust fals de vainilla que, per desgràcia, em sembla extraordinari, boníssim i, ai selva fosca i aspra i forta, hauré de dir-ho: la llet de soja em sembla menys «pesada» que la llet de veritat. Hi deu haver estudis que certifiquen que les dones com jo, «del meu perfil», contribueixen a la prosperitat de la indústria d'aquesta mal anomenada llet de soja, que té un envàs de color rosa, pensat per a tot l'exèrcit de furioses i excèntriques gnoms amb peticions d'anàlisis oblidades als portamonedes. Ara ja tinc la confirmació científica de l'estat volàtil en el qual m'he instal·lat l'últim any sense haver-ne parat esment. La caiguda d'estrògens combinada amb la intolerància a la lactosa i la pèrdua de visió de prop fan que em miri el món des d'unes lleugeres ales d'espiadimonis. Per això podré veure, amb tota nitidesa, que el meu home s'enamorarà d'aquella altra.

El meu germà Felip, penso corrent, em deia: «Mentidera». Em deia: «T'agrada que estiguin per tu, vols ser el centre de l'univers, mentidera, porca». Ell no vol parlar amb mi. Si es troba la meva vinyeta al diari on faig de ninotaire en rebrega el full.

El meu jove marit ha aparcat en doble fila, davant de la botiga de Nespresso, amb aquells treballadors tan polits, tan bojament amables, que sempre veig triscar des del pedrís d'aquesta església lletja. Algun cop n'hem fet broma, ell i jo, dels treballadors de la botiga. Hem especulat sobre la reacció amable que tindrien a un atracament amb pistola. Fa sonar la botzina, mec, mec, mentre l'atractiva senyora que encara soc, aquest cop al tamboret del bar amb el tallat amb llet de soja ja pres (per previsió) no para esment en el fet que aquell cotxe és el nostre. No el reconec, soc lluny de saber-me'n la matrícula i la marca, només sé que és blanc. Em sento aixafada (expressió perfecta), però encara no m'amenaça res. Dono per descomptat que el fet que jo no reconegui el cotxe serà, com sempre, com fins llavors, tan divertit, casolà, nostre. Jo jugant a fer l'espontània, a la dona directa i vital, a tot això, i ell jugant a l'enamorat perplex, aquell que mou el cap, somrient, perquè no, no, és que no s'ho pot creure que ella, *ella*, sigui així. Però aquest cop és diferent. No hi ha videoclip.

Ell és violinista. La noia que seu al meu lloc (de la qual s'enamorarà) és la seva nova companya de faristol a l'orquestra on té plaça fixa des de fa deu anys. És la violinista suplent (l'amiga de la filla d'un amic del director, em sembla) que ve a casa a assajar. Perill, sí. Totes les músiques són sexis. Tots els homes han bavejat algun cop per contrabaixistes teòriques (sempre descalces) que executen peces amb vigor dolç.

Quan fan un concert, seuen de dos en dos. Cada dos músics, un faristol. Passa que el seu company de faristol, el que fins ara seia amb ell, té càncer de pulmó. El meu home n'està content, de tenir una substituta. No li agrada gens, el company; diu que fa pudor, que no estudia, que és molt maniàtic. Mig en broma li desitja la mort.

Surto del bar i somric a tothom i a ningú, perquè encara no detecto la nova passatgera a la nostra nau. A dos metres dels meus ulls hi ha boira i terra ignota; a dos pams, també. Sense ulleres no m'hi veig de lluny, però si me les poso per veure-m'hi bé de lluny, llavors no m'hi veig de prop. Per tant, porto unes lents de contacte per veure-hi de lluny una mica menys precises del que necessitaria, perquè d'aquesta manera hi pugui veure de prop també una mica. El resultat és que no m'hi veig gaire bé de lluny ni gaire bé de prop; només distingeixo del tot les coses que tinc a un pam. Veig un món, en general, molt més lleig del que és. Una gavina blanca al mar em sembla una bossa de plàstic; la nostra gossa agemolida en un racó, la meva motxilla negra d'esport; un bolet vermell, verinós, un embolcall de formatge Babybel; les fulles dels pollancres a terra quan corro pels camins a l'hivern, estrelles de mar vermelles i seques que algú ha llençat; les dels plataners, marrons i amb la tija dreta, rates mortes; els collarets creatius, grossos i quadrats de bijuteria que porten algunes dones, acreditacions de congressos o fires. Per força el cervell se m'ha acostumat a interpretacions prematures i perverses.

Al matí ell ja m'ho ha dit, que la noia vindrà a assajar a casa i a apuntar els dits a la partitura (apunten si l'arc va amunt o avall, per anar tots dos a l'una), però ja no me'n recordava. Com me n'haig de recordar d'una violinista si no me'n recordo de coses més decisives com on he deixat les claus de la porta del meu bolet?

Ell està content d'assajar amb ella, de tenir algú amb qui prendre's seriosament la feina, perquè sempre es queixa de la vida rutinària de l'orquestra, de seure a l'última fila dels segons violins. Diu que és com ser en un exèrcit, que no et cal l'ànima per tocar-hi (però, en canvi, jo trobo que tots ells toquen amb tota l'ànima). El senyor Hilari, el seu pudent company malalt, no vol apuntar mai els dits. Jo també estic contenta, perquè el vull veure il·lusionat (ell, que és una dècada més jove que jo, també troba que es fa gran, d'una altra manera que jo, abans que jo, a una edat més perillosa que jo: els quaranta i pocs). I, de tota manera, a mi sempre m'agrada que vinguin músics a casa. Si hi ha música soc feliç. Que toquin, que cantin, que es quedin a sopar. M'agrada molt més la música que a ell i soc dibuixant. Però a ell li agraden molt més els còmics que a mi i és músic.

Vaig adelerada cap al cotxe, de la manera com ho fem les dones amb talons (aconseguim anar més a poc a poc corrent que si caminéssim). Em tusto el front amb la mà plana, un gest ampli, hiperrealista, estereotipat, per demostrar, de manera simpàtica, com burlant-me de mi mateixa davant de l'espectadora nova, que estic despistada. «Ara la mama s'equivocarà de cotxe», vaticinava sempre la nostra filla quan era més petiteta i m'esperaven. Perquè jo (ho dic ara, ja, sense ni un estrogen propi) els he fet riure molt. Viure amb mi ha estat una meravella, una festa, puc dir-ho així. Però avui és diferent. Avui és com si m'hagués trobat enmig del cel aquell missatge que surt a les pàgines web per advertir-te de la política de galetes. «Tanques i acceptes?», et pregunta. Si vols continuar navegant has de dir que «sí». Que tanques i acceptes. I la meva història es podria acabar aquí.

Obro la porta del darrere fent alirets i grunys exagerats, com una gossa que s'espolsa, per demostrar que estic contenta de ser a recer.

—Que no em veies? —diu ell.

I és un «que no em veies» ple de correcció, però també d'escàndol i d'una mica d'exasperació. No ho ha dit mai així, o potser és que no me n'he adonat fins ara. Jo encara m'estic dedicant a les onomatopeies menopàusiques.

—Nooo! —exclamo traient el clixé de l'alegria. És un «no» que vol dir: «Naturalment que no, ja saps com soc, si és que soc... Ai, com soc».

La violinista fa el gest de baixar per cedir-me el seient d'esposa. Jo ho rebutjo amb la meva gràcia habitual.

—Ni parlar-ne! Jo vaig a la fila dels segons violins. Tu avui ets el concertino.

Ella riu molt francament. Li he fet una broma gremial (el concertino és el solista). Ell, menys expansiu, prem els llavis i, amb la mà plana, es tira els cabells, llargs, endarrere amb un gest que fa sempre, i que és inútil del tot, perquè de seguida tornen allà on eren. Llavors, es passa la mà per la barba tan llarga de mendicant. Quan el vaig veure per primer cop, vaig pensar que era el Neptú de la Fontana di Trevi (sempre que el veig amb calçotets o embolicat amb una tovallola, l'hi dic). S'hi assembla tant, que els cabells i la barba de l'estàtua —de marbre blanc— me'ls imagino, sense voler, com els seus, del color del parquet. I ell, com aquell Déu tranquil, té els peus immensos, el cap immens, les cames i els braços immensos; és un Déu XL (els genitals no se li veuen). Com que l'estàtua està dreta, no sabem què li passaria si s'ajupís, però vull pensar que seria com el tritó que hi ha a sota, que condueix un cavall alat i bufa el cargol de mar per obrir-li pas, que com que sí que n'està, d'ajupit, veiem que té una mica de greix a la panxa, que li penja. Ell la té així, i sempre m'agradarà. Un petit plec, com un pneumàtic mig desinflat dels que queden abandonats durant l'hivern a la piscina.

El sexe que he tingut amb ell ha sigut com el que tindria amb un déu marí. Algú gros, però àgil i curós, calmós fins que el burxen, grunyidor i lent. S'assembla tant a Neptú, que la nena i jo, per un aniversari, el vam citar al carrer Neptú, per riure, i si en alguna pizzeria, de vegades, hi ha la «pizza Neptú», sempre la volem demanar. A les fotos que li fem a la platja, jo li dibuixo un trident i una corona. També s'hi assembla en l'expressió, que és benèvola i morosa, tot i que aquell Déu està fent una feina que t'imagines tensa, com és apaivagar les aigües. Per a Neptú, calmar les aigües sembla tan rutinari com per a ell, ara, dominar el volant del cotxe. Jo no en sé, de conduir.

Encara no, encara no he vist el que ha de passar. Per les meves venes hi circula, amb tota lleugeresa i confiança, la llet de soja. Respiro una sensació de perill inconcret en l'ambient, com si algú l'hagués flitat, aquest perill. Partícules de perill que ja cauen, es precipiten a sobre meu. Les percebo com si em mullessin, perquè fan aquesta olor de flit, però encara no el detecto. Li oloro a ell, suposo, les feromones. El perill sempre m'ha fet esternudar i tossir.

Em trec l'abric, m'acomodo al cotxe, em cordo el cinturó, tot això. Estic a punt de veure-ho.

Corrent penso:

La primera nit que ens en vam anar al llit, un cop havíem acabat la primera escomesa (primer dia, moltes escomeses; primers mesos, moltes escomeses; primers anys, moltes escomeses; últims anys, poques escomeses, una escomesa a la setmana, una al mes, una al trimestre), ell em tocava l'esquena com si fos un carnisser. Deia: «Això és el llom, d'aquí en sortiria bona carn; s'hauria de tallar per aquí i per aquí». I amb la mà, com els nens quan juguen a botigues, feia veure que tallava. «Això és el fetge, en faríem paté. Bones cuixes, d'aquí en sortiria carn magra».

Cap dels homes que se n'han anat al llit amb mi, en cap de les etapes, tan diferents, de la meva vida, han aconseguit commoure'm com ell, el meu jove marit, aquell primer dia, però és perquè, de tots els homes amb qui me n'he anat al llit, ell és l'únic que el primer dia ja estava enamorat.

Vaig entendre que no hi ha res com fer porno enamorat. Res. Per explicar-m'ho penso en la música que ell toca, tan rutinàriament, i que a mi tant m'agrada: és com sentir la *Missa Solemnis* de Beethoven si a sobre creus en Déu. Ell, el meu amor, diu que en aquesta missa (l'hem sentit mil vegades al llit) hi ha un moment que «Beethoven fa una harmonia que ja és de Wagner». I sempre repeteix, rient, rient, de les poques vegades que riu: «Aquí, Beethoven surt del segle».

Trec el caparró entre els dos seients, el d'ell i el d'ella. Em toco les orelles per estar segura que no se m'han tornat punxegudes.

—Ens faràs un coctelet quan arribem?

Ho pregunto perquè el «no em veies?» m'ha alarmat. Però per què he hagut de fer servir aquest diminutiu, per què?

Ell no diu res. Sovint em deixa en «vist» al telèfon, i a la vida, també.

—Eh? —insisteixo. Més silenci—. Òscar?

És una manera simpàtica de dir-li a la violinista que és benvinguda, que m'alegra que vingui, però també d'advertir-li que nosaltres, ell i jo, som així, que fem còctels quan arribem a casa. Que som dos i amb la nena, tres; som com aquells pacs del supermercat retractilats amb plàstic que contenen aliments que hem convingut que són combinables, com ara un paquet de maduixes i nata en esprai.

—No ho sé, tu en vols un? —diu ell.

Quin to tan racional que fa el meu amor avui.

—T'agraden els còctels, Cristina? —Jo, insistint.

Es diu Cristina. Quin nom més preciós. Que bé que sona. Ni massa clàssic ni massa modern. Cris, Cristina.

—Uf! És que jo m'emborratxo de seguida! —respon.

I ell donant-li la raó:

—Clarclarclarclar. Potser és millor primer assajar. —I dirigint-se a mi—: Però si tu en vols un te'l faig. Tu en voldries un?

Només uns quants dies enrere, que ella hagués dit «jo m'emborratxo de seguida», ens hauria unit en el sarcasme. Vet aquí «una altra dona» que no beu. Que vol un San Francisco, que no coneix cap dels còctels que ens agraden a nosaltres. Broma de sempre a casa nostra: «Per què el meu marit podria fer un concert borratxo?», pregunto jo. «Perquè sempre assajo borratxo!», contesta ell. Fins ara menyspreàvem comprensivament els que no eren com nosaltres dos. Poques dones beuen amb tanta consciència i saviesa com jo, i aquest detall m'ha fet ser sempre més amiga dels homes. Aquest, el futbol, les bromes barroeres i que la majoria de dones m'han considerat sempre un perill potencial (i m'hi han considerat per totes les raons anteriors). Però ara ha dit «clarclarclarclar». Ell no en vol. No en vol? De cop és com la Cristina i no com jo?

Corrent penso:

Amb quants homes me n'he anat al llit? No puc recordar-los a tots i no depèn del que van significar, sinó de l'ordre d'aparició. No sé si és per culpa de la menopausa (es veu que tot són pèrdues: de calç, d'amor, de vista, de memòria i ja sabem de què més) o perquè ningú no se'n recorda, de totes les parelles sexuals que ha tingut, si n'han sigut, posem per cas, més de deu.

El meu primer marit —una dècada amb ell—, el meu segon —potser una altra dècada, tampoc ho recordo del tot—. Amb quants vaig enganyar el segon? Quants n'hi va haver abans del primer (que vaig abandonar pel segon)? No diu tothom que el primer amor es recorda sempre? Quin va ser el primer amant durant el meu segon matrimoni? No me'n recordo si no em poso a «fer memòria». No recordo qui va obrir l'aixeta que, de cop, em va convertir en una probabilitat per a tota la resta dels que van venir i per als quals, a diferència del primer, va ser tan natural que jo fos infidel.

No és més rellevant recordar-se del primer amant que del primer amor? En tot cas, tots, tots han sigut una altra cosa, una cosa diferent, que no té res a veure amb ell, Neptú, que és, no hi ha dubte, no hi ha cap dubte, el meu últim amor.

Però jo segueixo enderiada amb el còctel, perquè potser ja entenc que aquella no és una dona com les altres.

—Te'l farem fluixet —li dic. Que pesada, que borratxa (que vella?)—. Com t'agraden?

—És que no hi entenc gens... —I somriu amb una condescendència jove i molt tibant.

És una altra frase que hauria fet que ens pessiguéssim el braç, dissimuladament, per jugar. Me'l miro, a través del retrovisor, però ell no se'm mira a mi. S'esforça per no fer-ho, no vol que ens aliem contra ella. Contra ella no.

—Quin tipus d'alcohol t'agrada? —li demano encara. És l'interrogatori didàctic als que no coneixen els còctels com nosaltres.

—M'agraden les coses amargues. És que jo soc molt rara.

I a ell, de cop, se li il·lumina la cara:

—Com a la Remei!

Com a mi (que tinc aquest nom tan lleig). I se la mira amb uns ulls que conec bé. Els ulls d'aquella nit en què ell era el carnisser. Com a mi. Com a la seva atractiva senyora, a qui agraden les coses amargants, però que no s'hauria atrevit mai —ni si volgués flirtejar— a dir «jo soc molt rara». Va ser considerada una bonica particularitat meva des del principi de coneixe'ns, això de l'amargor, perquè justament a ell el perd la dolçor. S'inventava còctels per a mi, amb Campari, Cynar o aranja. Els posava noms en anglès que duien la paraula *remedy*.

És quan ho veig. Veig que ella (que duu uns cabells tintats de rosa com una *groupie* dels vuitanta i tatuatges al clatell i als braços que serien vulgars en qualsevol de nosaltres, però que resulten sublims en una violinista) li farà perdre el cap. Que se n'enamorarà.

Tot s'atura. Tota la meva complexitat, de cop, desapareix. Què hi fa el que penso, el que sento, el que m'agrada, com em comporto? Els problemes polítics que m'envolten, que dibuixo a la vinyeta del diari i dels quals sempre parlem amb els amics quan anem a córrer, on són? Passo a ser una simplicitat. Plana. A partir d'ara només soc la que espera el que ha de passar: que el meu home s'enamori de la noia que seu al meu seient. És ben poca cosa, sí.

Me la miro. És una versió jove i nova (més previsible, amb les funcions més fàcils i més intuïtives) del que era jo (no pas físicament), de la part artística que li va agradar de mi, que encara hi és, però d'una altra manera. Una nova carcassa de telèfon per a la mateixa SIM, on tot està més optimitzat, on has d'entrar de nou tots els contactes, passar-hi les fotos. Tens aquesta feina a fer, tan entretinguda.

Se n'hi voldrà anar al llit i també li mirarà el fetge per fer-ne foie. O potser amb ella, foie-gras. Per deferència a la seva senyora, que soc jo, i perquè, amb els anys, s'ha tornat més estalviador, també teòricament. Allò passarà, i ell encara no ho sap. Però per què passarà? Perquè, com que ella se m'assembla, no se sentirà tan infidel? O perquè com que li agraden de veritat una certa mena de dones artistes, sense voler s'enamora sempre de la mateixa versió de la cançó? Encara no ha vist —però ja ho veurà, quan es posin a assajar— que és esquerrana, com jo. Això, al principi del nostre matrimoni, va ser una raresa valorada (perquè els dibuixos, esclar, els faig amb l'esquerra). Li agradem a tothom, els esquerrans.

Me'l miro, des del seient del darrere. Com que encara no tinc cap pla pel terrible futur immediat, només penso que si fa el mateix que va fer quan es va enamorar de mi i va deixar la seva nòvia, aquesta Cristina prou que patirà per culpa meva. Perquè jo vaig patir molt per culpa de l'ex. Ell li trucava per consolar-la de la pèrdua (que era ell) i li feia favors domèstics (que després no ha fet mai per a «casa») com muntar-li els mobles d'Ikea al pis nou de soltera, suposo que amb adorable poca traça. Em moria si pensava en ella rient, malgrat tot, sense poder-ho evitar perquè ell deia, posem pel cas, que sobraven cargols. Entre tots dos, quan parlaven plorosos per telèfon (ella perquè l'havia perdut i ell perquè, egocèntric com és, en comprenia el dolor), hi havia un doll de costum que m'expulsava. Com li devia dir ell a ella? Amor? Xurri? *Baby*? Petita? Simplement, Anna? Com?

A les quatre de la matinada, ella li trucava i li deia que no podia dormir. Ell es desvetllava, es feia un còctel (llavors sí) i li deia que estava assajant una peça de Mozart. Ella replicava (jo ho sentia, perquè també m'havia despertat, esclar) que Mozart li semblava massa previsible perquè «el veia venir». Jo, que no sabia res del seu dia a dia musical, els envejava, de la mateixa manera que envejaria el matrimoni Curie, a qui imaginava alternar invariablement converses sobre la llista de la compra i sobre el poloni.

La va deixar per mi, però em va jurar —i m'ho vaig creure— que ja eren com dos cosins, que s'estimaven però ja no es desitjaven. (Podria dir això de nosaltres dos, ara?)

Jo, llavors tenia tots els estrògens; per tant, fúria, fúria conservadora, ràbia, por. L'havia d'aixafar, aquella ex, però aixafar-la de manera que no fes pena, perquè la pena és productiva, així que no podia, havia de fer que s'aixafés ella, ser dolenta per poder resultar bona. En canvi, avui amb la Cristina soc la calmosa i tèrbola aigua del gos a la galleda. Llavors, gelosa del tot, sense cap escletxa per al descans, per a la distensió; gelosa, gelosa, plena de ràbia i de mal, arborada d'odi, a tothora, agafant-me la panxa perquè no se m'obrís i m'anessin caient, per terra, flonjos, els budells. No volia que hi parlés, no volia que li recomanés somnífers per dormir, ni tan sols una sobredosi de somnífers (si es morís no podria suportar-ne la presència de l'absència, ni la idealització ni les fotos, que per força es quedarien als compartiments secrets de la seva cartera i a la butxaqueta de la funda del violí); no volia que hi tingués més passat que el que encara no teníem nosaltres dos; no volia que haguessin anat mai a un càmping, com explicava, ell, de passada; no volia sentir la paraula *càmping*; no volia que diguessin «aquell càmping»; volia que no existissin els càmpings, però també volia que existissin per odiar-los, per destruir-los amb foc i bombes. No volia trobar-me llibres dedicats o n'hauria d'arrencar les pàgines i després m'hauria d'arrencar els ulls. Volia que ell i jo tinguéssim costums; per tant, història. No volia sentir-li mai cap opinió de Mozart, perquè havia conegut Mozart amb ella; Mozart no hauria d'haver existit.

Ella representava la domesticitat, jo la vida artística. Ella bevia massa, jo no gaire (però, ara, com ella, aviat beuré més que ell). Quinze anys després, començo a fer pampallugues, m'estic a punt d'apagar: passaré a ser la domesticitat (dos artistes no poden viure junts, amb fills, sense que un deixi de ser-ne). La vida artística serà la Cristina. És qüestió de temps que se'n vagin al llit, que ella també comenci a beure i que jo, finalment insomne, vegi venir Mozart.

Doncs, asseguda allà al darrere començo a calcular que m'haig de preparar, però per a què? Per a la guerra bruta? Per provar d'evitar-ho? Per resignar-me? Per perdonar-lo? Per marxar? Per fer-lo fora? Per matar-los? Per fer veure que no ho he vist? Per proposar-li algun incentiu sexual proscrit fins ara? Ja podrà sodomitzar-me amb regularitat? Faré la postura del gosset, però amb un mirall al sostre? Ja soc una gnom: totes les opcions em semblen boníssimes, totes dolentíssimes.

Ella. Sí, parlem-ne. Ella. No té trenta anys, diria. És el contrari que jo, físicament. És rodona i ja es veu que sempre en serà. Serà una vella rodona. Una d'aquestes dones que diuen d'elles mateixes que «tenen corbes». Jo soc una prima estafadora. Una falsa complexió normal. En realitat, si no fes tant d'esport, amb tot el que bec i tot el que menjo, seria una mena de nècora (braços i cames desproporcionats i gruixuts enganxats a un cosset rodó i compacte). Ella no. A ella li queda tan bé tenir pitrera i anques... Ella. Tan innocent, tan emmurriada, tan segura, tan complaent, tan dolçament tova. Té la gràcia, justament, de no haver fet mai esport (i segur que és d'aquestes que diuen, orgulloses, que córrer «és de covards»). És com una núvia o una ovella que engreixen per al casament o el forn. Porta unes ulleres grosses, de pasta negra, que li fan uns ulls ingenus com els del Furby de la nena. Sense les ulleres, és com una pagesa del segle XIX. Ho dic en el bon sentit. És una d'aquestes dones que tenen tanta cara de catalanes, que te la imagines protagonitzant *Terra Baixa* amb un cistell ple de panotxes a l'anca. Rectifico. No és que sembli pagesa del segle XIX. És que sembla una actriu fent de pagesa del segle XIX. Galtes rodones, vermelles, pits grossos, cabells molt fins (per això se'ls tenyeix). És «la naturalitat».

No puc dir-ne res de dolent, excepte, potser, que té un timbre de veu massa agut. No és expansiva, és dòcil i amorosa com un bebè de mamífer, però té ulls malignes; si se sent atacada, no tindrà clemència. No sabem què seria sense mi per allà enmig. Sempre que conec algú, provo de determinar si algun cop plora i de què. El meu home, si plora, és de pena. La nena, de frustració. Ella plora de ràbia (jo ja ploro per tot). No és intel·ligent de la mateixa manera que jo. Jo tinc la intel·ligència, parcial, dels buscavides; ella té la intel·ligència, parcial, dels matemàtics. A ell li agraden les dones intel·ligents, o, més ben dit, no li agradaria mai una dona no intel·ligent. Això ho facilita tot. Si la Cristina fos menys intel·ligent, seria més bel·ligerant.

Però abans d'anar a casa a fer el còctel amarg (que totes dues agafarem amb la mà esquerra), hem d'anar a buscar la nostra filla a l'escola. La Cristina ja ho sap i ho troba bé. Ens aturem al peatge.

—Treus la targeta? —em pregunta el jove marit.

Això de la targeta sempre havia sigut motiu de broma, també, fins ara, entre nosaltres. Jo no recordo mai que vaig ser ungida com l'encarregada de treure la targeta per pagar el peatge de camí cap a casa.

Li dono una targeta.

—No, no. Aquesta no! No te'n recordes mai, eh? La de La Caixa!

Busco la de La Caixa, atabalada, patint per si l'he perduda, o per si no la trobaré, perquè ell m'ho retraurà davant de —ho dic— l'altra.

La trobo. L'hi dono amb la mateixa cerimònia i el mateix orgull que si ell fos un capo de la droga i ens disposéssim a tallar cocaïna acabada d'entrar pel port. Ell toca l'ase, però no pas per a mi, no, jo no he fet res, es veu; és que davant nostre hi ha una conductora que no encerta la manera de ficar la targeta a la ranura, i això l'impacienta. No es pot esperar ni deu segons a assajar amb la Cristina.

—Com pot ser que no ho sàpiga fer? —s'exclama, dominat per la perplexitat.

Jo somric per dins: perquè la dona és una gnom, com jo. No s'hi veu de prop, esclar. No s'hi guipa per veure on hi ha la fletxa a la targeta que t'indica la manera de posar-la. Ha de fer-ho a l'atzar, ho sé. Aquell braç que surt per la finestra és menopàusic, en un estadi de descomposició més avançat que el meu. La pelleringa que li endevino em fa pensar que segurament ja ha canviat l'*spinning* per l'*aqua gym*. Però i a mi? A mi quant em falta?

Al tren, observo els vells i els joves (ja en dic «els joves»?) per veure com actuen quan han de baixar. Els vells una parada abans ja s'aixequen, es comencen a posar l'abric, alguns treuen les claus. Els joves, en canvi, s'aixequen a l'últim moment, curulls d'estrògens i andrògens; arrepleguen la jaqueta (que no es posaran), i passen topant sense voler amb genolls artrítics i descalcificats dels passatgers del davant. Els propietaris dels genolls artrítics i descalcificats (amb les jaquetes ben plegades a la falda, a punt per ser posades i cordades) remuguen, tan dolguts, els joves demanen perdó, ben despreocupats, però els propietaris dels genolls no els perdonen, no els podran perdonar mai, i seguiran remugant al vagó mentre ells, a l'andana, ja se n'hauran oblidat per sempre més.

El jove marit em torna la targeta sense girar-se, inclement. No vol mostrar res del que som (ni del que hem sigut o seríem) davant d'ella excepte asèpsia i encàrrecs.

Aparca en doble fila a la porta de l'escola. Veig que els nens més ràpids ja surten, plens d'energia, esgarriats, esperant ser recollits. Mareja imaginar-se'ls de grans a tots ells. Aquest, aquesta, tots adults i amb estranyes penúries com jo, com la Cristina. La meva sempre surt de les últimes, a poc a poc. Cada nen es comporta com es va comportar al part. Si el van haver de treure, com a la meva, amb fòrceps, procurarà que li cordis sempre les sabates, no tindrà mai pressa per sortir de la classe, sempre esperarà una mà al clatell que l'empenyi: «Va...».

—No triguis, eh, *please?*, que estic mal aparcat —em diu ell. I dient-me *please* davant de la Cristina deixa de ser el meu amor, Neptú. És algú que no conec. Algú que diu *please*. I algú que diu *please* ja no té els testicles i el penis pengim-penjam, com sempre; no en té si diu *please*, si diu *please* té una tita ben desada, mai imprevisible, adormida a l'eslip fins que algú li ordeni que pot treure el caparró.

Però en aquell moment m'és igual, perquè obro la porta del cotxe i, en posar el peu a terra, la fada fa l'encanteri, les estrelletes blau marí m'envolten el cap, fent una paràbola, sona una arpa que en remarca la màgia, i es produeix la transformació: ja soc «una mama». Res més. Una mama. Ens passa a totes amb molt poques excepcions. Al telèfon encara hi tinc el xat «Mamis de primer» de quan tenien sis anys. Ara, a l'últim curs de primària som les mateixes. Una categoria de la qual tothom fa broma: tots els homes i també totes les dones (les que encara no tenen fills, les que no en tindran, les que no n'han tingut, les que fa molt de temps que els han tingut, les que en voldrien tenir, les Cristines que encara no hi han pensat, i nosaltres mateixes). Abans, quan no tenia la nena, jo també en feia. Mames. Que pesades, que obsessives. Indiferents al desig que provoquem. Si ens pintem els llavis és per anar a l'*escape room* de l'aniversari de la Maria i la Guiomar (que ho celebren juntes). Xerrotegem, ens elogiem els vestits i els pentinats, l'habilitat de fer pastissos o la capacitat organitzativa, i ens esperonem a fer règim i a no fer-ne mai, a introduir la quinoa a la dieta; critiquem la mare de la Magalí, que permet que la filla sigui youtuber; ens sabem els noms dels altres nens de la classe, i ens demanem, amb la dosi d'ironia i desesperació necessàries, fotografies amb les pàgines dels deures que els nostres fills no han apuntat a l'agenda. Ens diem «Que tinguis un bon dia» amb absoluta sinceritat. M'agrada diluir-me en aquest grup, no ser-ne un grumoll. Com que soc la més diferent, soc la que més bé s'hi troba, la que menys mandra té de portar arròs per al Gran Recapte d'Aliments.

Primer, vaig anar als aniversaris infantils amb prevenció i indolència, després ja no, després em venia de gust quedar amb totes, beure cervesa d'una nevereta a la gespa dels parcs on fem els informals aniversaris de les nenes, i parlar —quin plaer incomprensible per a la resta del món— tanta estona, tanta, tanta, tanta, dels fills. Cuidar s'ha convertit en la nostra droga, no ho prevèiem. Nosaltres «volem» cuidar. Dones normals, treballadores, llestes, que han perdut la xaveta pels fills. Dones que els han tingut més tard del normal (algunes han hagut de fer tràmits penosos, cars i feixucs) per tenir-los, de manera perillosament conscient. Amb una consciència aclaparadora d'estar fent una activitat intel·lectual a la vegada que instintiva. No volem compartir el permís de maternitat, no volem conciliar, no volem llocs de responsabilitat, no volem separar-nos mai dels cadells; vam plorar d'amagat el primer dia d'escola, seríem mestresses de casa si ens ho poguéssim permetre. Necessitem cadells que vinguin cap a nosaltres perquè els traguem els polls o les puces, i preferim treure polls i puces a dirigir el món. Aquest és el principal escull del feminisme. Ha de comptar amb aquestes lleones, amb aquestes ionquis de la cura com nosaltres.

—És com quan tastes caldereta de llagosta —li vaig explicar un dia al nostre amic de córrer, que té una filla, però que no la vol veure a tothora, com nosaltres; molt sovint se'n cansa i l'engipona a la seva ex.

—Per què? —va fer ell, que va pel món sense entendre'n els misteris i els mecanismes, ni capficar-se perquè no els entén.

—Perquè la caldereta és un plat mariner; el feien els mariners a la barca per aprofitar el que tenien, mentre pescaven. Les llagostes no les volia ningú, però objectivament eren bones. I ara, aquest plat humil dels mariners, és un gran plat de gran restaurant, perquè tothom ja valora les llagostes, que són carìssimes. I qui el tasta sent coses diferents que aquell mariner, pel context, perquè ho fa de manera intel·lectual, també. Això ens passa a nosaltres fent de «mares». És una cosa de sempre, però en som massa conscients.

—Jo no he menjat mai caldereta. Està bé? —va dir ell. Ell només menja pollastre i arròs, per fer múscul. És professor de gimnàs.

Algunes de nosaltres deixarem de veure'ns quan les nostres filles vagin a l'institut, l'any que ve, perquè a l'institut ja no hi ha mares a la porta. Què farem? Caminarem com zombis pels carrers del voltant? Hem sigut això durant gairebé una dècada, que ha passat com un sospir. Fer cinquanta anys no és res. Fer-ne seixanta, seixanta-cinc no és res. El que ho és tot, el que és vertiginós i irreversible, és que els cadells en facin quinze, divuit, vint. Això sí que és com deixar la droga. Llavors, quan ja no hi hagi polls i puces, només les males paraules que han de venir i vindran, ja a soles amb les parelles, si les conservem, anirem a actes culturals, alimentarem gats i beurem tasses i més tasses de llet de soja que agafarem sempre amb les dues mans, per escalfar-nos.

La Gretchen, una d'aquestes mares, és allà. Sortim a córrer gairebé cada matí, un cop hem deixat les nenes, a les nou, i corrent ens hem fet més amigues que si ens haguéssim conegut en un bar, on, probablement, no ens hauríem agradat. Va ser ella qui em va convèncer per provar-ho. I avui penso (no hi havia pensat) que fa anys que no li ve la regla perquè va tenir càncer i li van haver d'extirpar el pit dret i els ovaris. És alemanya, però va venir a Barcelona buscant el sol per a les seves pigues, sense saber res de Catalunya, pensant-se que fèiem la *siesta* i ballàvem *flamenco*. Va anar a petar a aquest poble nostre, on va obrir una botiga macrobiòtica. Va aprendre català (amb una gramàtica per a nens, que justament jo havia il·lustrat), va dedicar-se a fer calçotades i pa amb tomàquet, i va posar noms catalans a les dues filles petites, que ja han nascut aquí. Dos noms que ja gairebé cap català posa i que li costen de pronunciar: Montserrat i Núria. «Mountsi, Mountsi! Núrria, Núrria», crida.

Primer ens feia vergonya córrer l'una amb l'altra per si no teníem res a dir-nos. Sembla mentida, ara, perquè corrent no callem mai. Llavors se'ns va unir en Dani, el professor del gimnàs que no ha tastat la caldereta (que també és pare de la nostra classe). L'esport uneix més que les desgràcies, que la sang, que la feina, que la lluita política. D'en Dani s'enamoren totes les senyores i algun senyor que entrena —és tan dolç corregint les postures, tan proper i íntim quan et toca algun múscul, perquè el notis—, i ell se n'ha anat de gust al llit amb totes (li fan gràcia les dones que fan esport i que es posen roba cara, no ho pot evitar). La Gretchen i ell no s'haurien fet mai amics. Ella l'hauria trobat massa barroer i negacionista climàtic, i ell, a ella, massa quadriculada i massa amant del reciclatge. A mi, en canvi, els Danis (en Dani ens ha confessat que quan se'n va al llit amb una dona el que fa és contemplar-se els seus propis quàdriceps al mirall) em fan riure. Al final, doncs, s'han estimat, s'han acceptat les bromes, s'han ajudat, de vegades enfadat.

Llavors, quan ja feia un any que corríem cada matí, estiu i hivern (o bé amb els llavis entumits de fred i les mans balbes o bé amb les cares untades de crema solar i amb el cinturó de bidonets d'aigua), va arribar una nena nova a la classe. Una de les seves dues mares, la Francina, era molt esportista (l'altra, com sol passar als matrimonis, no gens). La vam convidar a córrer un dia que la vam veure vestida d'esport, al matí, quan deixava la filla, «per ensenyar-li els camins del voltant del poble». Tot i que és una dona discreta que, per discreció, fa veure que és tímida, ja ve sempre si no és que té torn de nit. És bombera.

Les nostres filles, la Mountsi, la meva Angèlica, la Carla, que és la d'en Dani, i ara l'Aarushi, la de la

Francina, no són amigues, només es toleren. Ho hem intentat i no surt. L'Aarushi va ser novetat durant un dia o dos, però ara, si alguna de nosaltres diu allò de la motxilla (la motxilla «tan carregada» que porta l'Aarushi) i com li agrada cuinar i que responsable que és, les altres nenes es posen geloses (totes voldrien ser el centre d'atenció) i diuen que no n'hi ha per a tant.

Fins ara, si passa alguna cosa extraordinària i no sortim tots quatre a córrer (si jo tinc algun dibuix per entregar, i ells alguna comanda de quinoa per rebre, algun foc per apagar o alguna senyora per aprimar), ens enviem missatges per donar-nos notícies petitíssimes: «He menjat com una porca», «La mestra em va dir que la nena aquest curs no ha fet ni l'ou», «La meva vol dormir amb nosaltres», «Tinc una clienta nova que em vol convidar a sopar en un japonès».

De seguida, la Gretchen em pregunta què em passa. En Dani no hi és, perquè els dilluns la filla fa extraescolar de cuina en anglès i la va a buscar una hora després (la Francina arriba tard). De tota manera, en Dani no m'hauria endevinat cap trasbals. Ell és d'aquestes persones que no saben donar un condol sense riure, ni abraçar, ni ser-hi en els moments tristos. La dona el va deixar per les infidelitats i perquè, quan va néixer la filla, ell no tornava a casa abans de les dues de la matinada, aclaparat i incapaç. Però ens va entrenar i ens va acompanyar durant tota la nostra primera marató, fins a la meta (vam entrar agafats de les mans), tot i que ell hauria pogut anar molt més ràpid. No puc pagar de cap manera els riures i l'argot acabat de crear de després. Com rèiem, asseguts a les escales de les Torres Venecianes, morts de mal de peus, amb les capelines i les medalles posades.

—Ja t'ho explicaré —li dic a la Gretchen (perquè no-em-puc-entretenir-*please*, ell ha aparcat en doble fila amb la seva futura enamorada). Però l'hi explicaré?

—Demà? —em pregunta ella.

—Demà!

Sempre que correm tots junts, parlem, sobretot, de la vida d'ella, que té una relació amb un dels okupes de la casa okupada del meu carrer. (Després del càncer, el marit no dorm amb ella.) Els okupes que hi viuen tenen un hort amb un espantaocells dels d'abans, amb barret (però cap ocell no s'espanta per un ninot amb un barret ara; els ocells també han perdut la ingenuïtat), i passegen gossos mal educats pel parc on ella hi porta el seu, en canvi, tan obedient. Allà es van conèixer. És un noi italià que gairebé tot l'any va sense samarreta i amb faldilles llargues. La nostra estimada amiga li fa pastissos integrals, hummus (té molta traça i una afició persistent i incomprensible a fer hummus) i li porta aigua de cinc litres amb el cotxe, perquè no en tenen. Quan torna a casa, després d'allitar-s'hi, se li endú les escombraries i les llença al contenidor que correspon. Als sopars de pares de l'escola ella està molt pendent del seu marit, que és ros i guapo com un viking. Un d'aquests homes tan criaturers, que al parc fan posar els nens en fila i els agafen a coll, d'un en un, perquè arribin a la cistella i facin bàsquet. El meu, això, no ho faria mai. No ha eixugat mai cap moc que no sigui propi.

Saludo la nena, que ve cap a mi a poc a poc (expressament). Quan ella apareix, la resta desapareix. Li faig una pregunta domèstica: «Com ha anat el dia?». La meva mare no me la va fer mai. Com ha anat el dia? I com hauria d'haver anat? No em venia a buscar; tampoc no em va deixar dormir al seu llit, com jo faig amb ella, encara, amb qualsevol excusa (el seu pare cada cop més sovint s'adorm al sofà) segurament per estalviar-me la constatació que ara necessitaria carretades d'estrògens orals per tenir ganes de sexe oral.

—Molt bé.

Sempre contesta això. Llavors, jo:

—I què has dinat?

I ella, ja de mal humor:

—Ai mama, sempre preguntant davant de tothom! No me'n recordo!

—Doncs fes memòria! No és que et vulgui donar una estrella Michelin, eh, maca? És que si has dinat pollastre, intentarem no sopar-ne.

Dir això. Poder dir això. Fins quan?

Corrent penso:

Reclamo amor exagerat perquè he tingut una infantesa desgraciada, i ho dic, això de desgraciada, més aviat en el sentit en què algú diu, per exemple, que «has desgraciat un quadre o un vestit». És per això que, ara, ara que es veu que soc una senyora madura, el meu argument ideal són els deu primers minuts del telefilm, abans de la catàstrofe. El preludi. El quadre de costums feliç que només existeix com a prèvia necessària al desastre. La dona parla per telèfon amb la seva mare mentre prepara un pastís a la cuina preciosa i sobrecarregada. El nen juga a bàsquet. Hores i hores així, sense cap gir argumental, ni un, sense que arribi mai el segrest o l'atropellament, veient-los fer vida normal eternament.

Sí, sí, el cotxe aparcat en doble fila. Hi anem («ràpid, ràpid, que el papa té pressa!») i de lluny ja sento que tenen posada una de les peces que hauran de tocar. Sempre en toquen tres: normalment, una de contemporània, que jo sempre trobo insuportable, feta per algun autor amic del director, i dues de clàssiques bones. Sona l'obertura festiva de Xostakóvitx (ta, tatà, tatatà...). És molt de pel·lícula, de moment fundacional, d'aigües que s'obren, de semàfors que es posen verds al teu pas. De vegades, a la nena, quan fa bé les coses, li dic que de fons, de banda sonora, està sonant (encara li puc dir coses d'aquestes; quan li hagi vingut la regla ja no podré). Sé que és una de les tres peces que tocaran, perquè he vist l'e-mail amb la partitura, imprès, allà a la taula de la cuina. Fins ara, sempre m'he mirat, des de dalt, complaguda com un narrador omniscient, mai del tot acostumada, les partitures a la taula de la cuina. M'ha agradat molt que sigui músic.

Pugem al cotxe. Ell saluda la nena —això sí—, però abans d'engegar, li acaba de fer a la noia, la Cristina, una observació sobre la part dels violins.

—Veus que aquí per força s'ha de fer *faking*? —I riu.

Ella somriu amb incredulitat. No havia pensat en la possibilitat de fer *faking*; ella pensava estudiar i estudiar per arribar a tocar tantes notes seguides, però ara ell, gat vell i experimentat, músic trampós, li explica el truc. Fer *faking*. Enganyar el director perquè no vegi que no has tocat totes les notes (no les toca ningú, li assegura).

S'està exhibint davant meu. M'està ensenyant que és un artista (però jo no ho he oblidat mai...). Encara és un artista si ella hi és, i llavors jo no hi cabo.

—Sobretot no el miris als ulls o no et creurà mai! —bramula.

Com riuen. Fa molt de temps que no el veig riure per humor, me n'adono. I m'adono, doncs, que tinc els dies comptats. Jo ja no el faria riure ni ensopegant amb una pell de plàtan.

A casa nostra, la tercera del carrerot sense asfaltar (amb nom de república balcànica), hi tenim un soterrani que segur que l'arquitecte va pensar que serviria per a celler, però que ell ha convertit en el seu estudi insonoritzat. Cases barates, perquè són lluny de Barcelona i no gaire a prop de l'estació de tren, per a gent que compra vi i formatge i sals de bany, d'oferta, al súper. Petits cellers i petites banyeres, doncs. Promeses d'una vida plàcida, plena de moments «personals», de plaers planificats que, després de l'ardent novetat, sempre acaben fent mandra. Allà hi grava temes i hi assaja. Hi té un sofà petit (on hi podran fer l'amor, incòmodes) i tot de bustos de compositors, comprats als Encants, com de per riure. Un, de Beethoven, de paper maixé, que li vaig fer jo. Se n'hi van adelerats. No hi ha còctel amarg.

—Què vols per berenar? —li pregunto a la nena. I se'm fa molt estrany que ells dos siguin allà, a sota terra, fent sorolls bonics.

—Alguna cosa *healthy* —diu ella.

Em fa riure. Parla sempre en anglès amb intencions humorístiques. Jo li celebro exageradament el bon humor, perquè ja comença a ser escàs.

—Poma?

—No! No tan *healthy*...!

—Pa amb tomàquet i llangonissa? —Diem «llangonissa», no pas «llonganissa».

—Tallada molt prima, transparent?

Em destapo una ampolla de cava, que voldria no acabar-me acabant. Acabar-me acabant. M'haig de moderar, haig de tenir en compte la copa de Pitàgores, la copa del cobdiciós. I també em poso un bol de patates fregides, l'addicció al glutamat (faig el mateix, tapo la bossa amb una agulla d'estendre i la deso a l'armari de la cuina). La nena, quan em sent mastegar, al meu estudi, al costat de la seva habitació, ve a picossejar-ne, com un gatet melós. Per a ella, les meves copes i els meus dibuixos són part de la rutina domèstica. Ens posem a treballar. Ella a fer els deures, jo a il·lustrar un passatge de *Moby Dick* per a un llibre de text.

—Em fa mal el botó mamari —em diu, al cap d'una estona.

—És normal —li dic jo, mentre faig sortir una cua de balena blanca d'enmig de les aigües negres—. Va, concentra't.

I ella:

—Ai, mama...! A sobre que t'ho explico...!

No se sorprèn de com pinto, de bonic, el món. Li deu semblar estrany que les altres mares no ho facin.

I no dubto que ells dos, el meu home i la noia, el violinista i la violinista, l'Òscar i la Cristina, Neptú i la nereida, estan per la feina i res més, que no faran manetes, que no es miraran embadalits (es miraran embadalits el pentagrama, amb tantes corxeres que els obligaran al *faking*) perquè justament el que és sensual és la feina: compartir-la, solucionar, enfadar-se, tocar l'ase davant de les dificultats. Passar-se els auriculars. Començar per aquesta transferència. Tot és biologia disfressada. Els intel·ligents es fan la cort, primer, a través de la cultura, i després hi entra en joc el cos, perquè l'atracció física en realitat ja hi és. El preàmbul cultural és el que ho canvia tot, per fer d'un acte tan senzill, amb variacions tan limitades, com acoblar-se sexualment, un moment únic, radiant, superior a menjar, beure o morir. Perquè no te'n puguis estar, la biologia s'inventa això del «plaer». Quin estrany plaer. Per aquest plaer fem tot això? Per aquest plaer vivim. I després, què? Desapareix i mengem flams als bufets lliures.

A l'orquestra, el músic de l'esquerra és el que passa el full de la partitura; per tant, deixa de tocar durant aquell moment. El de la dreta, en aparença més important, no deixa de fer-ho. Ella, a l'orquestra, seurà a la seva esquerra. El seu antecessor pudent i moribund, el senyor Hilari, seia a la dreta. Ell, això, ho odiava, perquè ho considerava injust.

Al cap d'una estona, sento la porta del soterrani. Neptú surt del seu palau marí i puja a la superfície a buscar un got amb gel per al whisky que té allà baix (un whisky que jo li he regalat, un whisky especial) en un moble bar antic, i Nestea per a ella. L'hi posa en una copa —sempre s'hi remira, amb la vaixella, és un tret que ha heretat de la seva mare— amb una rodanxa de llimona. A mi, decorar plats o gots em fa vergonya. Com ensenyar l'escot o, encara pitjor, els peus.

—Ah, t'has obert xampany? —pregunta amb el to d'un pare.

—Sí, tu prendràs whisky? —replico amb el to d'una cap de sala de restaurant.

Dues evidències. Dues preguntes sobreres. Còctel no, perquè és el que l'uneix a mi. Whisky sí, perquè, com jo, necessita l'alcohol.

També agafa Kit Kats de la nena i els posa en una safateta, amb un tovalló de paper a sota. Per a ella. Això m'alarma. No me l'imaginava fent un acte, en certa manera tan religiós, com el de fer-li una ofrena de dolços.

No sopen, de tanta feina que fan. I com que normalment del sopar se'n cuida ell, i és sabut, acceptat i certificat (fins a aquell dia, amb alegria) que jo no en sé, de cuinar, que no hi tinc cap traça i que la meva aportació a la vida familiar, bàsicament, és econòmica i psicològica, la nena i jo «decidim pecar» (sempre ho diem així): demanem pizza. Quina alegria totes dues davant de l'ordinador gegantí del meu estudi de dibuix, triant (encara que sempre demanem el mateix), i després, sent ella qui encarrega, procurant fer veu d'adulta. I jo sense voler recordar que just abans m'he amoïnat momentàniament per equilibrar el sopar.

Amb això d'«aportació psicològica» vull dir que aportava —ja no ho puc dir en present— una acceptació i una potenciació de les peculiaritats dels altres. Acceptava i potenciava —perquè m'alegrava— la manera de ser d'ell, de la nena, dels sogres, de la seva germana. A mi tothom m'agrada, d'alguna manera. A ell, gairebé ningú no li agrada, d'alguna manera.

Avui, però, m'acabo l'ampolla. Mengem com golafres totes dues, amb la gossa, que arreplega el que pot, la pizza, que porta salsa de parmesà i dauets de pollastre arrebossat, que ens farà set abrusadora i inacabable tota la nit, i segur, segur, segur que ens desguitarrarà la panxa. Totes dues fem sempre el mateix comentari expert:

—Són imbatibles.

A mi em fa gràcia que ella digui aquesta paraula tan de gran, que m'ha copiat.

—Sí, són imbatibles.

—Són realment imbatibles.

—Imbatibles, sí.

Corrent penso:

Fa quatre anys, una mare al parc pregunta: «Amb sinceritat, què preferiu, orgasme o massatge?». I totes, rient per la irrefutabilitat de la resposta, diuen: «Hòstia! Massatge!». Jo me les miro, sense participar-hi. No soc com elles. Jo no! Com poden riure d'aquella renúncia? Per què es condemnen així? Llavors, encara em sento més a prop dels marits, que haurien dit: «Orgasme!». O: «Massatge i orgasme».

A la nit, quan Neptú i ella acaben d'apaivagar les aigües i reapareixen, em diu que l'acompanyarà a l'estació en cotxe (fa por anar caminant de nit fins a l'estació, a uns quinze minuts a peu). Em veu tipa, amb aquell embrutiment físic de quan has menjat malament i l'actitud de quan no vols que es vegi que has begut un dia que no tocava. No diu res, només amb els ulls, aquosos de whisky, em reprova.

Però triga a tornar, de manera que ja comprenc que al final l'ha portat a casa a Barcelona. Això és un detall rellevant, també. Quan els seus pares i el meu pugen a dinar al nostre descampat, no els porta mai a Barcelona. Quina mandra anar i tornar a Barcelona; els porta a l'estació. A ella la deu haver portat al barri de Gràcia, on costa tant aparcar. On deu haver deixat el cotxe? En un pàrquing? Potser sí, potser no. Amb nosaltres pot buscar aparcament durant tres quarts d'hora. Fins ara, això, a mi em feia riure. Però ara que ha anat a Gràcia a portar la Cristina, i probablement han dit de «fer un mos», i ha buscat pàrquing per no perdre temps, ja és un greuge comparatiu de futur: m'obliga a exasperar-me a partir d'ara. Ja no serà graciós que busqui aparcament amb mi si amb ella no en busca. Però la falta d'estrògens m'ho impedeix. En el fons el comprenc.

Comprenc que jo hauria de plegar. Tancar la barraca, en diuen.

I un cop sola (la nena ja és al llit i hem xerrat, totes dues sota la vànova de colors, com sempre) em ve un mal de cap que primer em penso que és una barreja de ressaca i fatalitat i que després endevino que és grip psicosomàtica. De cop estic molt, molt cansada, molt dèbil, i em noto el cervell perbullit. Em sento de cotó fluix, ho ha dit tothom i no pot ser més exacte. Em fa fàstic la pizza (la paraula *pizza* em fa vomitar, i no me la puc treure del cap); no tinc força, i sí febre. No em poso mai malalta, jo. No he estat malalta en els últims sis anys. Ho sé perquè en els últims sis anys no he deixat passar mai més de dos dies sense sortir a córrer. De seguida envio un missatge (amb les lents de contacte posades, i, per tant, no veient-m'hi de prop) al xat que tinc amb la Gretchen, en Dani i la Francina (amb la foto de tots quatre a l'arribada de la marató). «Tiws, estic mslslts, nq pic vwnir a cwerr». I la Gretchen, com que tampoc s'hi veu de prop, escriu: «Cuidst mplt, llwvrs potxer vwig spibning». I ell, en Dani, que «OK». La Francina no l'ha vist, o troba massa ansiós (i, per tant, indiscret) contestar de seguida. Hi ha un llenguatge xifrat menopàusic, que només entén en Dani, avesat com està a entrenar senyores com nosaltres.

I em ve molta tos, també de cop. No te n'adones mai, esclar, del moment exacte en què t'ha aparegut, però jo me n'adono perquè per primera vegada a la vida amb aquella tos, molt seca, comprenc del tot els anuncis de compreses per a les pèrdues.

És això. Fa anys que no tusso i no sabia, ni se m'havia acudit, què li passa a una de la meva edat (que a sobre corre i ha tingut un part) quan tus d'aquesta manera. M'havien parlat del riure, però d'això no. De cop, m'està passant. De cop. No de mica en mica, com hauria hagut de ser, per tenir temps d'acostumar-m'hi i d'apuntar-me a hipopressius i comprar-me una capsa de comprimits vaginals. Corxera de trompeta i timbala. I aquells anuncis, que sempre m'han semblat humiliants, ara em semblen prou amables. Jo soc la mateixa que el dia abans. Ahir, en un *outlet* de texans de marca (són barats perquè eren els que tenien posats els maniquins), me'n vaig emprovar de la talla vint-i-sis/vint-i-set, perquè eren tots preciosos i perquè en volia estrenar uns per anar a l'hospital a veure el senyor Hilari, el músic pudent i moribund, però, sobretot, què carai, perquè m'hi cabien. O jo hi cabia. Hi cabia! Marques juvenils, com una noia (com una vella que es pensa que és una noia) sortint descalça de l'emprovador per veure'm al mirall de la botiga; tots em quedaven bé; a algú de la talla vint-i-sis/vint-i-set tots li queden bé. Però i si als miralls no em veig com soc? Me'n vaig comprar quatre i vaig ser molt feliç. Ja els tinc, ja puc tacar-los amb el pròxim accés de tos.

Vaig al lavabo, massa desconcertada; el bruel de la vella canonada de la banyera es riu de mi, perquè també soc vella, encara que no es vegi. Jo no sé què fer primer, si posar-me una tovallola molla al cap, per fer baixar l'escalfor, o llençar els *leggins*, també molls, al cossi de la roba bruta (per casa vaig —anava— sense calces quan duc —duia— *leggins*, perquè soc —era— una atractiva senyora madura a qui no li agrada —agradava— que a aquest cul, caigut, però treballat a *body pump* amb l'entrenador personal i amic, se li marqui cap goma). M'assec a la tassa amb les cames nues. Al cap, la tovallola, com una capçana. Suposo que semblo un faquir.

La nena (encara en dic «nena», i en diré «nena» a l'asil, si hi arribo a anar) surt del cau a buscar llet (no para de beure llet) i em troba allà, asseguda, les cames pengim-penjam.

—T'has tret el pijamet? —em pregunta.

Diu *pijamet*. Borratxa com estic, se m'omplen els ulls de llàgrimes. Anticipo la pena futura per quan ho deixi de dir. Que serà d'aquí a un any o dos, quan ja pugui endevinar, avergonyida i furibunda, que la seva mare, de vegades, beu massa.

I jo:

—M'estic posant malalta, estic suant molt.

No penso res excepte que ara comença a acabar-se tot (si em poso pelleringosa parlant d'aquestes pèrdues, no em poso pelleringosa parlant de les altres); que ara, de cop, d'un dia per l'altre, d'una hora per l'altra, just quan em toca, ni abans ni després, m'he fet vella, i que el meu home, com el cambrer de la llet de soja, ho ha percebut, i no ho sap, però té la urgència, es veu en l'obligació natural, d'escampar la llavor en altres horts, en aquest cas horts amb el mateix tipus de cultiu, abans que es perdi per sempre. Ella s'asseu al caire del bidet i xarrupa del got. Hi ha dos lavabos a casa (l'un, absurdament més gran que la cuina) i aquell, petitíssim, que és el «nostre». De seguida ve la gossa, que no pot estar a més de dos metres de mi. El veterinari ens va dir que tenia «hipervincle». Jo també.

—Pobreta ma... —diu. I em dona paper de vàter perquè m'eixugui—. Té.

Hem tingut sempre aquesta confiança fecal. Comentem els pets (tipificats segons la sonoritat) i les caques (per la textura), no ens fa res el soroll, i la pudor ens fa riure alegrement escandalitzades. Hem pogut dir la paraula *boletes* amb tota naturalitat. Érem així, abans de Cris (aC). Quan l'una seia a la tassa, l'altra s'esperava, al costat. Ell ho considerava poc civilitzat, fastigós; no volia que ho féssim; s'enfadava de broma si ho fèiem. Jo li deia a la nena que els romans tenien urinaris públics, unisex, sense cap separació entremig. Desconeguts asseguts, costat per costat, potser enraonant i ensumant-se. I que a ella i a mi ens hauria anat bé, això. Dues tasses de vàter, l'una al costat de l'altra. I que potser ho hauríem de copiar. Ell cridava horroritzat —horroritzat de veritat— quan ens sentia i es queixava de l'escatologia que envoltava aquesta terra on vivim, amb contes infantils que jo il·lustro, on hi ha nens menjats per bous i expulsats amb pets, amb personatges fent caca al pessebre al costat de l'infant Jesús, amb cançons populars sobre si fa pudor la caca de la muntanya. Tot allò que es diu sempre i que fa riure amb sincera perplexitat la Gretchen i el viking. I ara em trobo amb això, i sobre això no n'hem fet cap cançó popular, ni cap conte per il·lustrar. Tenim:

Una mona en un terrat
amb el cul arremangat...

Tenim:

I el bou va fer un pet
i va sortir en Patufet.

Però no tenim ni tindrem:

Als cinquanta et pixes si tusses o rius
encara que et matis a fer hipopressius.

Li puc dir que se m'han escapat unes gotetes (i em dirà que no passa res), però no li puc dir que m'han preguntat si vull llet de soja i que, a més, el seu pare s'enamorà d'una nereida fèrtil de cabells de color rosa, que ella també trobarà adorable, més adorable que jo. Un dia em va dir: «Vols ser la meva millor amiga?». Jo ja sabia que la resposta madura havia de ser: «No puc ser la teva millor amiga, perquè soc la teva mare», però, immadura com soc, li vaig dir que sí i ens vam comprar polseretes de goma, amb la inscripció «Bff».

Corrent penso:

«Retirat». Ho diem d'aquesta manera. Se m'ha «retirat» la regla. Perquè dona una idea més precisa del que és. S'aparta, desapareix. No se'n va, no fa un mutis amb aplaudiments. L'enyores? Enyores la que eres; t'enyores a tu queixant-te'n, avorrint-la, trobant-la inoportuna. Una setmana tenint-la i una setmana dient que t'està a punt de venir. La meitat del mes, doncs, justifiques el teu mal humor i reacciones amb mal humor si algú et pregunta si la tens. En fas una proclama quan ve per primer cop (potser la fa la teva mare i tu te n'avergonyeixes), però no en fas cap quan se'n va. La regla. Hi va haver un període —curt— de temps al principi de la teva vida de parella (a la vida de parella de la mateixa persona que ets tu avui) que ni tan sols impedia el sexe.

M'eixugo, però tusso de nou (una tos que neix al diafragma i que em provoca dolor als músculs) i me'n surt un altre rajolí. No paro de tossir. Cof, cof. L'onomatopeia, tan amable, dels tebeos que tinc per casa. Fa anys que no tossia així. Tos de gos, seca, constant, com un tic. Quan acabo la maniobra mecànica és com si no n'hagués tingut prou i en torno a tenir «ganes», unes ganes doloroses; no puc evitar-les, provo d'evitar-les, l'espasme em puja i vull no fer-ho, però quanta estona podria no estar-ho fent? Parlo com un ventríloc si m'aguanto l'espasme.

—Va, ves a dormir, que és tardíssim —li dic.

Soc exactament com la meva mare quan dic això. Faig el seu to resignat, baix; el to que suporta el pes de l'atavisme, la injustícia de la vida i haver hagut de viure amb els parents, bruts, gasius, supervivents, despietats, des del primer dia del matrimoni a la granja fangosa. Un to cansat no pas de l'escarràs físic, sinó del vital. El faig expressament. És com un homenatge a la seva memòria llardosa, per la neta que no va conèixer —i que no puc imaginar si hauria estimat amb fellonia o si hauria considerat, com passava amb mi, una peça útil de la baula i prou—, perquè es va morir molt aviat d'un «mal lleig» (abans en deien així, del càncer).

La cara que en recordo és un *frame* tremolós. Una foto amb mi, la seva filla gran, a la falda, a la casota on vivíem amuntegats, tots amb tots, amb aquell somriure resignat, no gens expansiu, de circumstàncies. «La pàtria és la infantesa», diuen sempre els escriptors quan els entrevisten. Ho diuen citant qui s'ho va inventar, al qual, durant aquesta infantesa, van vestir de nena fins als cinc anys. La pàtria per a ell era el transvestisme forçós. I per a mi són finestres de vidres trencats tapades amb paper de diari, i pipí de conill i els crits del meu tiet Ventura. No va beure mai alcohol, la mare, com el pare, que sí; no va sortir mai a sopar ni va entrar en un bar; no va mullar-se mai el cap sota la dutxa, sempre la va pentinar una perruquera ambulant, del poble, que venia, amb tots els estris, cada quinze dies. Feia sempre una fortor de roba poc rentada, de llençols poc canviats, de mitges aprofitades, de faixa tubular marró, segur que, també, contenidora de pèrdues. Li agradava el cafè, i això era tot. En deia «cafetó»; aquest era el seu luxe, el diminutiu, una pretesa normalitat. No entenc els que parlen de l'enigma del somriure de la Gioconda. És exactament el de la meva mare. La Gioconda somriu així perquè és una mestressa de casa malcasada. Les mestresses de casa malcasades somriuen així.

Em poso un salvaeslip, però no absorbeix prou; no està preparat per a aquesta tos contínua. Què faré demà? Em trobaré prou bé per anar d'amagatotis a la farmàcia? Perquè no li puc pas dir al meu amor que deixi d'escoltar la *Missa Solemnis* i em faci el favor:

Kyrie eleison
Christe eleison
Ithi agoráze spárgana

Que és si fa no fa:

Senyor, tingueu pietat,
Crist, tingueu pietat
i aneu a comprar-me bolquers.

Des del llit sento que arriba el cotxe. L'obertura festiva sona a tot drap. Haurien de tenir els seus propis àfters, els músics de clàssica. DJs punxant minuets i rèquiems a tot de clients amb oïda absoluta.

—Em-sembla-que-tinc-febre-m'has-fet-patir-molt-no-sabia-on-eres —li dic. I és mentida, esclar, no m'ha fet patir gens; sabia on era.

No ha passat res, encara. Però m'ho dirà, quan passi? No cal, ho sabré. Ell no pot dissimular davant meu. I, a més, en conec la sensació (per l'experiència acumulada d'enganyar el meu segon marit). Quan t'enamores d'un altre, de dissimular no en tens ganes, encara que et sembli que no voldries mai que t'enxampés, i encara que, si t'enxampés o et digués que sospita, neguessis l'evidència («ets paranoic, ets un gelós i no es pot viure amb algú tan paranoic i tan gelós»), perquè el que no vols, l'únic que no vols, són els renys, els retrets, els morros o els plors i les promeses. En el fons del teu cor tant te fa que t'enxampi. En realitat, vols que t'enxampi, perquè tens tanta confiança amb el marit banyut (ara, ja, germà) que voldries explicar-li, amb la vostra insubstituïble confiança, allò tan meravellós que et passa, i que (llàstima) l'afecta.

—És que al final l'he acompanyat a casa i hem fet

un frankfurt. —I afegeix—: Després de la feina que ha fet, pobra tia...

La meva sobtada malaltia no és la protagonista de la conversa. Ho és la «pobra tia». El frankfurt. Me l'imagino divertit. Íntim. Aquell soroll asmàtic del pot de quètxup. La deliciosa senzillesa. Ella ha demanat un biquini (ai, quin fàstic que em fa, ara). Els biquinis són un entrepà de primer dia de noia, perquè costen poc de queixalar amb les boquetes entreobertes. Poques dones es despinten els llavis menjant el primer dia (jo en soc una que sí). A la Cristina encara li deu fer massa vergonya queixalar i mastegar davant seu, com, sens dubte, més endavant farà. Però potser s'han dit, l'un a l'altre: «Vols tastar-ne una mica?». I si ha estat ella la primera a dir-ho, la frase pot haver estat: «Vols tastar una mica?». Sense pronom.

I segur que ell ha acceptat i ella no. Una queixaladeta prudent, petita i pudibunda. Si fos jo, l'esposa, la que li hagués deixat tastar l'entrepà, ell li hauria clavat una queixalada menys prudent, menys petita, gens pudibunda (la confiada queixalada matrimonial a l'entrepà, procurant, això sí, de no estirar tot el tall, això sempre es procura).

Hauria pogut deixar anar un «ja» d'esposa gelosa, però no ho faig. Aquesta és la primera decisió que prenc, sense pensar. No estar gelosa. Però és que en realitat no n'estic.

Per l'alè sé que ha begut cervesa («nosaltres» sempre havíem trobat fàcil la cervesa). Què deuen haver escoltat al cotxe? Bartók, potser. A ell li agrada molt (perquè costa) i a mi no gens (perquè costa). Podrà ser el meu Mozart. I podrà ser la venjança i la seguretat de la Cristina. Les noves esposes es passen la vida sent per oposició a les antecessores. Aquest és el triomf (ingaudit, esclar) de les ex. A l'antecessora la destorbaven els roncs, i ara a tu no et poden destorbar, és-que-ella-era-una-bruixa. L'antecessora va voler pintar la cuina de blau. Tu, aquella cuina, la vols blanca, odies el blau, ves per on. L'antecessora veia venir Mozart, i tu el consideres el geni més gran de la humanitat.

Abraçar-lo en aquest moment, posar-li la mà al cul serà considerat una reacció al que ha passat (al que no ha passat, però ja hi és), i ell es pensarà que no em trobo tan malament com dic. Però ho faig. Li toco el cul, perquè aquell cul és meu; jo l'he llepat, llepat fins al fons dels plecs, perquè li agrada, jo ho sé, no ho sap ningú més del món, que allò li agrada, i ara potser ella, també amb els anys, ho podrà arribar a saber. M'arrauleixo al damunt del seu tronc i de seguida es posa a punt (tot i que segurament li semblo sospitosa). Això és una meravella d'ell. Reacció instantània. Pel que sé, molts homes tenen problemes irresolubles amb les seves mares, o amb les seves ex, o amb les seves calbes o alçades o panxes, que es reflecteixen directament als penis. Ell no. Ell és natura. Té un cos molt gros, ja ho hem dit. El vestit de músic li queda adorablement pengim-penjam (Neptú s'hauria de fer els jaqués a mida, no se'ls podria comprar en uns grans magatzems del fons marí com ell ha fet). Se l'engipona com pot i sembla un captaire. Suposo que aquesta és també una de les raons per les quals el fan seure a l'última fila dels trenta-dos violins (dues files de vuit faristols) amb el senyor Hilari. Si fossin a primera fila, les dames de la platea buscarien on han deixat el barret per tirar-los monedes.

Un dia, el director convidat de l'orquestra, un senyor ancià amant de les sardanes, se'ls va mirar i va exclamar: «Semblen dos *clochards*...». A mi la paraula *clochards* em va fer plorar de riure, era tan precisa i tan fora de lloc. Em queien les llàgrimes i no podia ni parlar. Quin mal de panxa de riure. Com pot ser que jo, llavors, rigués d'aquella manera. L'havia pronunciat amb tant d'accent català... aC, de vegades la nena i jo, per sorpresa, només per plaguejar, ens plantàvem davant d'ell (ens havíem coordinat) i dèiem a la vegada: «Semblen dos *clochards*...!», i marxàvem corrents.

Mentre el toco, penso que quan la Cristina se n'enamori (se n'enamorarà en descobrir que ell se n'ha enamorat), no s'enamorarà d'això, del pneumàtic desinflat que és la seva panxa; no és tan intel·ligent. I penso també que ell procurarà dissimular-lo. No és tan intel·ligent. Es voldrà aprimar, quina pena.

Però, per sorpresa, el sexe em fa mal. L'últim cop, fa dues setmanes (o potser tres?) no me'n feia, de mal. La ginecòloga m'ho va preguntar aquell dia i li vaig dir: «No, no!». I ara, avui, de cop, sí? Tot es precipita. Demà, a l'ordinador, ja em trobaré bàners d'assegurances de decessos.

—Et faig mal?

I haig de dir que sí.

—Sí...

Sí, haig de dir que sí. És massa mal per fer com si res o per disfressar-lo de plaer.

—Però com és? —fa ell, molt aprensiu. No em vol fer mal. Mai ho voldria.

—No pateixis, són coses de l'edat —dic. Em sento marejada, paralitzada.

Acabem amb una fel·lació. De música de fons, al meu cap hi sona el tros de piano, que és més àrab, diguem-ne, de l'*Obertura festiva*. Procuro esfoçar-m'hi, podria dir, però sempre m'hi esforço. M'agrada fer-l'hi, perquè li agraden molt (però a quin home no li agraden?). M'agrada veure que no es pot aguantar. Suposo que totes les senyores acaben sent bones fel·latrius, o res, i que en això consisteix la repetida i secular experiència de les madures, que a les pel·lícules porno estem tipificades com a *hot mature*.

—Quan estàs premenopàusica necessites lubricants, és tot.

He dit «pre».

—De tota manera, ja se sap que, llavòrens, el desig sexual de les dones baixa... —mormola ell, tot comprensiu.

—No és el meu cas —menteixo.

—La meva mare... Mira-la. Segur que porta quinze anys sense sexe i està tan feliç.

La seva mare té prop de setanta anys. Jo cinquanta i tants. Però ara ja ens posa al mateix sac.

La seva mare. Es diu Aurèlia i trobo que fa molta cara de dir-se'n. És professora de cant, la il·lustració que jo faria si m'encarreguessin una senyora «tocada i posada». Sempre va als museus, tota sola, i m'explica les coses que ha vist (valora com ningú del món els meus dibuixos). És molt presumida, una d'aquestes dones que adoren els canapès i el cava, que tenen xarcuters de confiança a qui comprar «encenalls» de pernil, i una mateixa perruquera des de fa anys, que és l'única que «els entén el cap» (un cap negre i crepat com una pagoda). Quan viatja diu: «Hem fet Praga», no pas «Hem anat a Praga». Al piano hi té sempre una capseta de pastilles Juanola, per als alumnes. Primer es va pensar que jo —que era una «artista»— consideraria el seu fill un caprici i aviat me'n cansaria. Ara m'estima i sap que serem jo i la nena les qui la netejarem si un dia no es pot valdre. Els fills i el marit no ho faran.

—I el teu pare? —li dic.

—Els homes som diferents —contesta ràpidament—. Segur que el meu pare té els seus recursos...

Em ve un accés de tos i em precipito cap al lavabo.

Corrent penso:

L'energia no es crea ni es destrueix, es transforma, i els orgasmes són energia. En què es transformaran els orgasmes que ja no tindràs? Aquells orgasmes de cada nit, que t'ajudaven a ben dormir i que ara ja no et calen. A podar rosers i ordenar si ets d'una manera o a criticar i ofendre't, si ets d'una altra? No em veig ni podant i ordenant, ni criticant i ofenent-me. Suposo que l'únic que puc fer és dibuixar i beure, sense oblidar, en tots dos casos, la copa de Pitàgores. És una copa que vaig comprar a l'aeroport d'Atenes, un cop que vaig anar a un congrés de dones dibuixants.

L'endemà al matí, fluixa i dèbil, remeno per l'armariet del lavabo i hi trobo, al fons de tot, un paquet de compreses encetat. No les havia llençat, esclar. En trobaria alguna més a la maleta o a la motxilla, a la bossa del gimnàs. Suposo que arriba un moment en què els embolcalls de color groc (totes hem acabat comprant al mateix monopoli de compreses) es van esgrogueint i les llences. Potser fent neteja, un dia, al cap dels anys. O potser les guardes per si de cas, per a la teva filla, si en tens. No és natural que quan a ella li vingui la regla a tu ja no et vingui, però això és ara la societat moderna d'aquest racó de món on vivim. Amb mi ha anat així. Ho fet tot deu anys més d'hora o més tard del que tocava. Ara ella serà adolescent i tindrà canvis d'humor, per la regla. Jo seré menopàusica i tindré canvis d'humor, per la menopausa. Ell, asfixiat, s'estavellarà contra els braços de la Cristina. La Cristina, però, sembla molt més boja que nosaltres dues.

Corrent recordo:

«Jo l'he aguantat molt temps, ara et toca aguantar-lo a tu», va dir-me la mare. Jo tenia vuit anys. Es referia al seu cunyat, germà del meu pare, el tiet Ventura, que vivia amb nosaltres i no hi era tot (quina expressió tan preciosa). S'havia quedat tolit, explicaven sempre, durant la guerra, quan van bombardejar Granollers. Era un nen i una explosió els va agafar, a ell i a una cosina, enmig del carrer (la cosina, més gran, va morir a l'acte).

Això em va dir: «Ara et toca aguantar-lo a tu». El to de veu era resignat, cansat, com si m'hagués dit: «Ara ja t'has de posar a treballar».

Aguantar-lo. Jo sabia què significava, perquè l'hi havia vist fer. No se n'amagava, potser pensant, també, en aquella substitució. Ella i l'àvia en deien una paraula, un eufemisme, quan es referien a «aguantar-lo» (que també ho és). En deien «arreglar-lo». «S'ha d'anar a arreglar el tiet». «S'ha». No pas «haig». De vegades: «Va, que s'ha d'anar a arreglar el tiet». Com una càrrega més de la granja (i era, en realitat, una càrrega més de la granja). Jo no coneixia la paraula, de caire sexual, que definia allò que ara li hauria de fer. La vaig conèixer anys més tard, quan ja vivia en un centre de protecció de menors, buscant paraules brutes al diccionari.

Puta: Ramera.

Ramera: Mujer pública que vende su cuerpo.

Ara, els diccionaris (tots en línia, esclar) s'han adaptat als nous temps i també en donen l'accepció masculina. El que fa en Dani, de tant en tant, sense que s'acabi de saber del tot, perquè en el seu cas hi ha un cert plaer, diu, en sentir que li paguen.

Follar: soplar con los fuelles.

(Decebedora, aquesta).

I aquella paraula. Quan la vaig llegir —és exacte—, em vaig desmaiar. Arreglar el tiet era allò. Vaig caure a terra i quan em vaig despertar tenia un nyanyo al front i tot de cuidadors que em preguntaven si estava bé. I jo tossia. No parava de tossir.

Això feia la mare, i això vaig passar a fer jo, perquè ell, amb aquelles mans de pollastre, no podia. Arreglar-lo. Si a l'hora de fer-ho, sempre tornant de l'escola (després de berenar, això sí) jo protestava (protestava), si somicava (somicava) o si m'amagava (m'amagava), ella em venia a buscar cridant rutinàriament, amb l'espardenya a la mà, com si hagués fet una malifeta, sense l'actitud que tindria algú que sabés que està demanant una depravació. Quan em trobava, deia, amb aquell to cansat: «Au, vaaa, vingaaa...!». I si algú, un comprador d'ous o de llet, que potser no en sabia res, preguntava per què em renyaven, cridava cansada, com si no hi hagués res a amagar: «Ella ja ho sap!».

El tiet estava molt content, quan em veia. Feia espinguets a la cadira on sempre el teníem postrat, com una mena d'animal domèstic (i jo l'hi considerava). Posats a fer, preferia arreglar el tiet que arreglar (arreglar de veritat: netejar) els conills, que feien una fortor de pixats que, encara ara, em faria vomitar, a mi, que no em fa fàstic res. Posats a fer, preferia arreglar el tiet que ajudar a matar-los, aquells conills pudents, perquè es tractava d'aguantar-los per les orelles mentre l'àvia els donava un cop al cap amb la mà de morter, i veure, bo i aguantant, com els feia un tall a les potes i els escorxava, com si els tragués un pijama (pijamet). Preferia arreglar el tiet que canviar-li els bolquers, que anomenàvem «paquet» (el pitjor de tota la granja), que anar a netejar gallinassa, que ajudar a la matança del porc amb aquells esgarips que feia sempre la pobra bèstia engreixada abans que la fermessin a la taula on seria degollada, cosa que em feia pensar que ja comprenia i anticipava el seu destí. Preferia arreglar el tiet que moltes coses, però, per no arreglar-lo, m'inventava deures. Aquest va ser el secret de les meves notes excel·lents, i va servir perquè el meu primer marit, que em va mig rescatar del carrer, em pagués la carrera universitària. Belles Arts, com si n'hi hagués de lletges.

De seguida vaig aprendre aquell mecanisme. Primer amb la mà de la mare guiant la meva (les ensenyances sàvies d'una mare no s'obliden mai). Després, tota sola. Ella sempre criticava la meva manca de força —jo, tot i la destresa que tothom em reconeixia per al dibuix, encara no sabia pelar una poma com cal, amb el dit gros a la polpa, ni cordar-me bé les sabates, i ja havia après a arreglar tiets—, de manera que ho feia sempre amb les dues mans. Si em queixava que em feia fàstic, o que se'm cansaven les mans, la mare em donava un calbot (un calbot fora de context, un calbot terrible perquè ho normalitzava, un calbot ferm però rutinari, de quan robes xocolata, per exemple, un calbot en certa manera amable) i em deia:

—Ai nena, i quina poca traça. I què faràs, doncs, quan et casis?

Corrent resumeixo:

Primers dos anys de parella amb Neptú. Amor i sexe (sempre barrejats), música i alcohol.

Tercer any: Embaràs. Ho deixem tot, decidim canviar de vida, i a les nits, ja sota la manta, mirem la nostra primera sèrie, com fa temps que fa tothom.

Quart any: neix. Li posem Angèlica, per Angelika Kauffman, la pintora del segle XVIII que es va autoretratar en haver de triar entre la música i la pintura. És el que imaginàvem per a ella (tothom pensa que el seu fill sí que serà un geni).

Del sisè al desè: Vivim embadalits de naturalitat, vida sana i misteri. Em converteixo en «la seva mare» i res més.

Això és:

Vaig a reunions de l'escola i apunto en una llibreta les bosses que ha de portar: la de la roba de recanvi (gran i marcada); la de la carmanyola de la fruita per esmorzar (petita i marcada), que es socialitza; la de la bata (gran i marcada), que es quedarà a l'escola fins divendres, quan ens l'emportarem per rentar; la de les sabatetes de sola blanca per fer psicomotricitat (petita i marcada).

La portem a les revisions del pediatre; li comprem, sempre un any abans del que toca, jocs que desenvolupen la imaginació. Li ensenyo vocabulari amb un mètode de la meva invenció. Quan ella diu: «Tata», jo dic: «Ah, tu vols dir "estrella". Has dit estrella!». I dibuixo una estrella. I cada cop que emet un balbuceig (ggg), jo dic: «Has dit gos. Saps dir gos. Aquest és un gos». I dibuixo un gos. Totes les paraules que diu malament seran per sempre part de nosaltres.

La traiem a passeig amb el cotxet, del tot enamorats. De vegades, es tira cap avall fins que la trinxa que li separa les cames li topa amb el bolquer. Li agrada, li dona plaer. Es mou. Jo no sé si reprimir-la o deixar-la fer. Em sorprèn que no se'l miri tothom, aquell cotxet; que no s'apartin al nostre pas, rendint-nos tribut, com els camperols que vaig dibuixar per al conte d'*El gat amb botes* quan veuen passar la carrossa del marquès de Carabàs. Pintem les parets de la seva cambra, ella i jo, amb peixos de tota mena, i, esclar, un Neptú. I després ens dutxem juntes, però ens és igual anar tacades. Encara no li fa angúnia el meu cos despullat, encara no diu que soc una ximpanzé. Li canto cançons inventades, la més gloriosa de les quals és: «Tu fas pipí i jo faig caca», cosa que demostra que la naturalitat escatològica que desenvoluparà de gran és culpa meva. Li demano a son pare que em digui quines notes són. Me les diu. Me les toca amb el violí com si fossin de jazz. Me les grava. Fa tot el que li demano, llavors.

Anem amb ella als concerts i al Saló del Còmic i que bé que es porta. De seguida li regalem un violí petitet, perquè toqui, i aquells llapis que si es mullen semblen aquarel·les. Què triarà, què triarà? Si li posem el *Clar de lluna* somriu, perquè el reconeix. Tenim un llibre de quadres famosos per a nens on hi ha l'autoretrat de l'Angelika Kauffmann. Ella és al centre, i a un costat, la música (representada per una dona, resignada, de vermell, que amb els ulls li diu: «T'equivoques...») i la pintura (representada per una dona, de blau, amb cara de «No fem el burro! A pintar!»). Per la tristor del rostre de la pintora, que es mira la música, i per com li ensenya la paleta, amb la mà oberta (una mà oberta que diu: «És el que hi ha...») entenem (i sabem) que va triar la pintura, però amb recança. Si li ensenyo el quadre, la nena balbuceja: «Angelika Kauffmann!», i jo aplaudeixo. És com fer-li donar la poteta a un gos, però llavors encara no m'ho penso.

Va fer aquest quadre a la meva edat, cinquanta i tants, però es va pintar com una nena de quinze. Era una boja com jo.

De seguida que vaig saber que estava embarassada, vam decidir canviar de vida i anar a viure fora de Barcelona, en una casa on ell pogués assajar, lluny dels bars i dels camells, lluny de la dolça repetició de la pujada i la baixada de l'estímul artificial, com artificial era tot el que se'n derivava: l'alegria, l'ànsia, l'absència de cansament i d'avorriment, les paraules, totes, els miralls dels lavabos dels bars on et veies uns ulls tan bonics i vius de ratolí, els baldons dels vàters on tothom s'ajupia a prendre droga, la roba posada expressament per ser treta al final de la nit, el porno, tan present. Volíem tenir «seguretat», volíem ser de classe mitjana, volíem viure de dia, preocupar-nos pel món, sortir de la introspecció i l'expansió, el parrupeig de la nit. Anar a comprar en cotxe un cop a la setmana «per carregar» la nevera. Tenir hort, com a concepte més que com a realitat. Volíem canviar junts.

El director de l'editorial infantil on jo il·lustrava, que era autor de dues novel·les i feia de professor de literatura, vivia en una urbanització d'un poble del Vallès amb cases molt barates. Encara en quedaven. Per què no ens les miràvem? Ens les vam mirar i ens van fer gràcia. L'escola pública —ell hi treballava, llavors, encara— ens va agradar. Ens quedaríem la casa i jo podria donar-li els dibuixos per la finestra. Semblava divertit.

Neptú va fer les oposicions a l'orquestra, i en va obtenir la plaça fixa. També va agafar classes de violí a nens i algun acompanyament —«bolos», en diuen— a cantants melòdics. Jo vaig agafar totes les il·lustracions de tots els llibres escolars que vaig poder. Romanes i romans, serfs de la gleva, per a història; Jesús caminant per damunt de les aigües per a religió; Pitàgores, sense la copa, pensant sota un arbre... També una feina en una empresa de plàstics: dibuixava cortines de bany, bosses de platja i estovalles individuals. Vaixells de paper, papallones, kiwis i plàtans, soperes fumejants. Tot.

Vam tenir ajuda dels sogres. Expressions com aquestes (entrada, ajuda dels sogres) ens van convertir en irònica classe mitjana. La casa ens semblava lletja, però, llavors, d'una manera divertida, i així ja no hi hauria mai més la possibilitat de gastar res en nits de festa, perquè Barcelona era lluny i tot seria per a la hipoteca. Sense sorpreses.

Corrent sé que:

Tenir la filla era tan extraordinari que em vaig haver de tornar convencional per donar-ne fe. Ja no volia fer realisme brut, volia fer costumisme net. El meu estil de dibuix va canviar, perquè, esclar, volia que a ella l'emocionés. Volia dibuixar per als nens. Alguns crítics el trobaven pitjor, pensant-se que era per culpa d'haver deixat la nit; d'altres el trobaven millor, pensant-se que era per culpa de l'estabilitat matrimonial. Era per la maternitat, però no ho deia. Hauria sigut la fi de les bones crítiques. Ja no podia ser cínica. Tenia massa por. Vaig deixar de dibuixar heroïnes mamelludes i ciutats nocturnes amb cubells d'escombraries i rates per passar a dibuixar pollastres al forn i pastissos encetats.

A la secció de sexologia d'una revista llegeixo: «I per acabar, el més important: ens hem de fer molt amigues del lubricant. En podem fer servir tant com vulguem. Ha de ser de base aquosa (la vaselina o els de base d'oli són agressius per al pH de la vagina). El podeu comprar a la farmàcia, al súper o per Internet. Proveu-ho! Veureu com amb aquest petit canvi les vostres relacions sexuals seran molt més agradables i plaents».

Fer-me amiga del lubricant, quanta diversió.

Un sorollet. Aixeco el cap del dibuix de la cambra infantil del nen desendreçat que haig d'entregar demà i miro. El meu veí m'ha tirat una pedreta al vidre, com l'amant de Madame Bovary. Les nostres parets es toquen i les finestres (de PVC) estan encarades, perquè casa seva —la del final de tot, cantonera— sobresurt respecte de les altres. Ell, a l'estudi, hi té un balconet on hi cap un test de mida mitjana. Hi tenen un arbret de cumquats.

Faig «hola» amb la mà i ell es duu dos dits a la boca per indicar el gest de fumar. Jo faig que sí, i trec el cap per la finestra.

—Hola —li dic.

—Un piti i a seguir treballant?

Jo només fumo als sopars, però m'agraden aquests descansos, de tant en tant. Li vaig regalar un dibuix que és ell, escrivint, i el té allà, penjat. Ara ha demanat una excedència a l'escola per escriure una nova novel·la. Li agrada llegir-me'n passatges en veu alta.

Es diu Carles Jordi, i no conec ningú més que se'n digui. El seu estil d'escriptura evasiva, tot fiat a la trama, fa que sigui un home molt jovial i vital. Els homes riallers em sorprenen, em vencen, em fascinen. Res del que escriu el meu veí no qüestiona la seva ànima (potser per això riu) i ja entenc que tota la música que toca el meu home, sí (potser per això, entre altres coses, ja no riu mai). Fa novel·les d'aventures contemporànies, amb espies, trames polítiques molt ben travades (corrupció i periodisme) i unes protagonistes valentes (amb aquesta accepció de valentia femenina que hi ha ara), sempre fortes i decidides, ja mai rosses, per si de cas. La seva dona n'està dolguda, perquè les descripcions no se li assemblen gens. Ella treballa, cada dia, en un concessionari de cotxes perquè ell, mentrestant, instal·lat a l'excedència, vagi descrivint dones ideals que no se li assemblen i que ignoren les que són com ella, perquè les que són com ella no poden ser heroïnes de novel·la, només lectores de novel·la. Sé que li sap greu, perquè un dia, des de casa, vaig sentir-los discutir (el meu pare diria que les parets que tenim «són com paper de fumar»).

Si aquestes dones que descriu fossin protagonistes masculins en lloc de femenins, serien una cosa així com Rambos. Però com que són dones, poden tirar endavant els fills, escalar, ser sensibles, estimar el propi sobrepès, *hackejar* ordinadors (tenen sempre molt de talent per detectar errors de seguretat d'empreses cibernètiques) i tenir relacions sexuals oblidables que no les fan patir mai ni sentir insegures. Tenen rèpliques esmolades sempre a punt. (Cap amistat amb el lubricant, cap compresa per a les pèrdues). Ja no hi ha possibilitat de llegir sobre dones «no fortes». Però i si n'ets una? I si no trobes, per més que busques en qualsevol ficció, en qualsevol, cap quota de redempció? Com s'hauria de dir, això que voldria llegir? Nova Literatura Contemporània Menopàusica. Suposo.

La nena va anar fent anys (cinc, sis, set, vuit...) i Neptú es va començar a queixar de la rutina. Deia que voldria deixar les classes particulars i els *bolos* acompanyant cantants melòdics a Andorra (de tant en tant li sortien feines d'aquestes, a Andorra, molt ben pagades); que si pogués no tocaria a l'orquestra i aniria per lliure, per poder fer el quartet de jazz que sempre diu que vol fer, i que potser ara, finalment, farà amb la Cristina (un quartet de jazz amb dos violins).

I un dia, a l'editorial, em van proposar d'il·lustrar un llibre de no ficció, intranscendent, escrit per una periodista, sobre els avantatges de fer llistes, i jo vaig dir que sí, per tenir una mica de diners ràpids, que li estalviessin, durant un temps, els *bolos* a Andorra i els nens malcriats amb els seus violins petitets de les tardes. Il·lustrar el llibre de les llistes era una feina més, com la de fer cortines de bany amb papallones i escarabats amb els seus noms (*Erebia medusa*, *Danaus plexippus*...). Llistes per millorar la vida. Llistes de propòsits, de menjars que no has de menjar, de roba que has de llençar, de coses que pots fer per enamorar algú... Els dibuixos havien de tirar a «moderns» i a «elegants», amb dones primes i altes, ben vestides, glamuroses, que prenguessin còctels amb petits para-sols. I ho vaig fer amb la mateixa destresa que les papallones de les cortines.

I llavors, el llibre sobre les llistes es va convertir en un best-seller i era el primer de les llistes; tothom el regalava. I jo ja no era una dibuixant «deliciosa» (sempre em posaven aquest adjectiu) i «plena de sensibilitat»; era la dibuixant que havia fet aquella genial merda de les llistes, que, efectivament, tothom trobava que tenia un estil «molt elegant». I, esclar, tothom em parlava del llibre de les llistes, no de les altres coses que havia il·lustrat, sense l'estil elegant, que ningú no recordava. Es traduïa el llibre de les llistes a tot d'idiomes, però els altres meus, els de monstres per a nens, amb aquells dibuixos tan personals, ja no. Tothom volia que el «tàndem» que fèiem jo i l'autora de les llistes fes més coses. Per exemple, un llibre sobre com ordenar si ets molt desordenat. Em va sortir la feina de fer la vinyeta política al diari (i preferien, no cal dir-ho, l'estil de dibuix del llibre de les llistes). Els col·legues, amb raó, ja no em tractaven com a una d'ells. Havia saltat a la banda de la «comercialitat». Neptú, d'alguna manera, se'n va ressentir, i és per això —també, però no només— que s'ha d'enamorar de la Cristina. No n'hauria ni fet foiegras de llauna, amb el fetge de la dibuixant de les llistes. Però jo estava condemnada, fes el que fes. Vaig fer el llibre de les llistes perquè ell pogués sentir-se més artista. Si no hagués fet el llibre de les llistes, ell hauria hagut de seguir amb les classes particulars i els cantants melòdics a Andorra, i no s'hauria sentit artista. Això l'hauria entristit i l'hauria allunyat de mi. Com que l'he fet, ell podrà muntar un quartet de jazz amb la Cristina i sentir-se artista, però llavors, per contrast i per paradoxa, no sentirà que jo ho sigui, perquè jo soc la dibuixant del llibre de les llistes (i la de les cortines de bany i la vinyeta del diari) i això l'avergonyirà una mica, i s'enamorarà d'ella, més artista que jo, però que no li podria donar la vida d'artista que jo li dono, i que el fa allunyar-se de mi.

Corrent penso:

Quan es va morir la mare, l'àvia, exultant i esponerosa, va fer el que tocava, i que ja havia fet quan s'havia mort l'avi: encendre ciris, parlar fluix, fer comentaris forenses i senyar-se precipitadament, de manera no gens simètrica, cada cop que acabava una frase. Em va fer treure les arracades i em va dir que a partir de llavors hi hauria de portar dos fils negres, als forats, en senyal de dol. Em va tallar les cues (la mare em feia fer unes cues que semblaven botifarrons, amb tres gomes, una a dalt, una al mig i una a baix) amb les tisores del pollastre, perquè ella no em podria pentinar (i pels cabells vaig plorar més que per la mort de la mare). El pare, quan em va veure amb els cabells curts i pentinats endarrere, em va dir: «Cony, sembles el Shane». Es referia al vaquer protagonista de la pel·lícula *Raíces profundas*. A la tele feien un cicle d'Alan Ladd que ens deixava veure. A partir de la mort de la seva dona va dominar-lo un estat de perplexitat idiota que no l'abandonaria mai més.

A l'escola, la pena pel meu dol els va durar dues classes; de seguida van riure-se'n, del meu cap pelat de noi tinyós. Les escoles d'abans són com el Twitter d'ara. Se't mor la mare i tothom et dona el condol, però quan triga a arribar la primera broma?

La conseqüència més important de la mort de la mare va ser que vaig deixar d'arreglar el tiet Ventura. El dia de l'enterrament no ho vaig fer (se'l va quedar una veïna). L'endemà tampoc. I quan l'àvia, al tercer dia, m'ho va reclamar, vaig dir que no i me'n vaig anar corrents.

Ella m'ho suplicava, em deia que no tenia força a les mans i que «una cosa així» no se li podia demanar a cap home. Debades. Els crits del tiet Ventura, ara sense arreglar, despertaven les vaques, que li contestaven, alhora que feien bordar els gossos. Jo n'havia fet un conte il·lustrat, pervers, que encara guardo:

Què fa el tiet? «Hiiii!» [i un dibuix del tiet].
I què li contesta la vaca? «Muuuu!» [i un dibuix de la vaca].
I què els contesta el gos? «Bub-bub» [i un dibuix del gos].
I què hem de fer per no sentir la vaca ni el gos?
Arreglar el tiet! [I un dibuix d'una nena, amb el cap pelat, arreglant el tiet].

A la granja, amb nosaltres, hi vivia l'altre tiet solter, el tiet Eusebi, *Sebi*, germà del pare i del tiet Ventura, que era el que es feia càrrec dels animals amb el meu germà Felip (el pare, excepte donar conversa i llagotejar les dones que venien a comprar ous, llet o conills, no va fer mai res). El tiet Sebi cridava: «Feu el que sigui!».

Una tarda de cel carbassa, vaig dir-li al meu germà Felip que m'acompanyés al paller, que era el lloc on ens dèiem els secrets. «Jo ja l'he aguantat molt de temps, ara et toca a tu», vaig fer. I vam anar tots dos a veure el tiet Ventura, que, com sempre, era a la cadira, al menjador, amb les mans, garratibades, a la taula enganxifosa d'hule. Quins esbramecs odiosos, alegres i exigents, quan em va veure. Vaig ensenyar al meu germà a fer-ho. Li vaig dir: «Ara es farà grossa, la tita». Em vaig sentir superior. Li vaig agafar la mà per conduir-l'hi. Li vaig dir: «I així, fins que surti el líquid». El meu germà s'ho va prendre amb molta més fascinació i molt menys sentit pràctic que jo. Va entendre, o potser no, encara, que allò era plaent per al tiet Ventura perquè potser ja intuïa, o potser no, que a ell allò també li agradaria. «Se li ha de fer. Se li ha de fer cada dia perquè no cridi», vaig dir. I també: «Però només una vegada. I t'has d'amagar d'ell, que si et veu, sempre en vol».

M'havia imaginat que somicaria, que fugiria com jo per no fer-ho. M'havia imaginat al cap l'escena de la persecució. Però no va anar així. El meu germà, que era molt més alt que jo tot i ser un any més petit, em va dir: «Porca, puta». Jo no sabia què volia dir *puta*; només sabia que els nens, a l'escola, et deien: «Digues molt ràpid: tapú, tapú, tapú». I se'n va anar. I mentre se n'anava repetia: «Puta-puta-puta-puta», fins que al final sonava «Tapú-tapú-tapú».

A ell, Neptú, li dic que vull sortir al carrer, que vull que em toqui l'aire, i tossint, vaig caminant —amb febre, sense forces— fins a la farmàcia del poble per comprar les compreses per a les pèrdues d'orina. El primer cop.

Les portes automàtiques de vidre s'obren al meu pas. Obertura festiva.

Però ja a casa, asseguda al lavabo, comprenc que no em puc posar aquells bolquers que he anat a comprar com una furtiva de les pèrdues. Davant la farmacèutica, que em coneix a mitges, he fet veure que no eren per a mi, sinó per a una dona gran (gran, gran) indeterminada, com aquella actriu que tant agrada a les senyores i que es conserva tan bé i que n'anuncia una marca a la tele. «Tens bolquers per a una senyora?», he dit, traint-me a mi mateixa i a totes les ben hidratades i atractives senyores de la meva generació.

Me n'ha donat uns, doncs, que, allà al lavabo, veig que són grossos i humiliants, per a algú que riu des d'uns quilòmetres més enllà, que ja no ha de dissimular res, que ja no és un mamífer, sinó un rèptil. No em puc posar això, penso, si jo vaig sempre amb *leggins* per casa, com una altra nena. O com una tarada que es pensa que és una altra nena, que no té cap consciència de si mateixa, que a les fotos agafades per sorpresa, quan no tira el cap amunt, s'aclapara en veure's la blanor. Si me'ls poso, tindré un cul com el d'un ànec.

Llavors, ell obre la porta del lavabo. No sap que hi soc jo, la seva sigil·losa dona incontinent, asseguda a la tassa, amb aquell nou producte de primera necessitat a la mà. Examinant-lo, perplexa.

—Què fas? —diu—. T'ha vingut la regla?

Les compreses per a les pèrdues no van embolicades com les altres, però ell això no ho sap. No s'hi ha fixat mai, en aquestes coses.

—No, de vegades m'agrada recordar-ho —dic. No, no sé per què ho he dit. Em surt aquesta mentida.

Em mira com si fos neurastènica. Li faig pena.

—No cal que recordis res —mormola.

És pena i ja està. L'amor que em té és el que ha de sorgir de la pena, del costum. Cap altre. No em pot fer l'abraçada, plena d'amor i d'homenatge, que em faria en Dani, acostumat a senyores que volen lluitar contra el temps. Acostumat als regals de totes; acostumat a tocar-nos els abdominals que els marits no veuen, ni valorarien; acostumat a entendre el sacrifici alegre de tots els nostres *lunges* i *squats*. El que envia missatges per Cap d'Any a les clientes, i a canvi obté rellotges preciosos i caríssims per anar a córrer, comprats d'amagatotis dels marits (i se'ls va canviant segons n'entrena una o altra) amb milers de prestacions que la Gretchen, la Francina i jo sempre li envegem, amb l'enveja bona, la noble, la infantil, l'enveja pels objectes i no per la vida dels altres, l'enveja dels amics que t'estimen intensament, sincerament i circumstancialment.

Corrent penso:

Al principi de coneixe'ns, al principi de tot, quan no ens havíem retret res en públic, ni ens havíem fet nosa a la cuina, ni ens pensàvem que ens en faríem mai, perquè a la cuina ens grapejàvem i era impossible pensar que un dia, un dels dos, s'esperaria furibund fins que l'altre tanqués el rentaplats per passar, caminàvem per Barcelona i jo ens observava reflectits al vidre d'alguna llibreria. Al meu cap, *Un rèquiem alemany*, de Brahms, com en un anunci. Em sobtava la imatge, els primers dies. «Som aquests!». Ell tan gros, jo tan petita.

Un dia ens vam trobar el meu primer ex (si el meu home és el déu Neptú, el meu primer ex és un os panda, amb la barba de dos colors, negra i blanca, el cap gros i pelat, les orelles petites i el cos pelut) a la cocteleria on sempre he anat amb tothom, amb ell també, i em va dir, de broma, davant seu, que estava gelós d'aquella relació, que jo ara estava més guapa que quan vam ser parella (era veritat) i que aquell home tatuat potser no m'estimaria tant com em mereixo. Era una mitja broma, però ell, el meu amor, el va odiar a l'instant, i des d'aquell dia no n'ha volgut saber res i jo, doncs, l'he anat veient molt de tant en tant. També odiava tots els homes que —llavors— se'n volien anar al llit amb mi. Jo tenia trenta i pocs anys. Ell vint i pocs. Però ara jo en tinc cinquanta i pocs. Ell, quaranta i pocs. Està molt més cansat que jo i guardarà la poca energia que li deixa el fetge sobresaturat d'alcohol i greix per assajar amb la Cristina. Amb mi ja no es mouria del sofà. Amb mi ja va més estona sense sabates que amb sabates, mentre que la Cristina (encara) no l'ha vist mai amb mitjons.

L'estimo si penso en el que vaig ser per a ell. Com venia enamorat, el primer dia, dels meus dibuixos, de les meves vinyetes brutes. El llibre de vell que em va regalar: *Psicología del amor y del noviazgo*, que havia valgut cinc pessetes, i que em va fer riure tant. La primera escomesa; el cafè amb llet en un bar l'endemà al matí, perquè jo me n'havia d'anar a dibuixar (i «haver-se'n d'anar» era tan misteriós), i quedar per dinar i per sopar i tornar a dormir junts i tornar a anar a aquell bar. M'imaginava coves prehistòriques i ell vigilant que no em robessin els altres neandertals. Com li agradaven les parts més pràctiques del meu cos: els pits, les cames, el cul, les mans. I no és una broma, això de les mans, no és aquella mentida que et diuen, «m'agraden les teves mans», perquè no et pensis que l'únic que els agrada de tu són els pits o el cul. Li agradaven de la mateixa manera que el cul (però, esclar, les meves mans dibuixaven). Vivíem el present, cabdellàvem cada instant. Dèiem paraules brutes amb misticisme. «Vull el teu cony», deia ell, «o em moriré». «Necessito la teva polla», deia jo. Tot el que fèiem —sopar, descansar, beure, resumir i redecorar les nostres biografies— tenia un rerefons sexual. I els dies següents jo ja vaig començar a donar allargues als meus mig amants (feia vida de soltera i tenia amants, un d'ells de casat) i ell a amagar-se de la seva nòvia, la que veia venir Mozart i no em va veure venir a mi.

Corrent recordo:

Després de la mort de la mare, el pare sempre deia: «Jo no he nascut per la vida de la granja. Jo he nascut per viure *a lo grande*». De vegades, agafava els diners de la capsa de galetes Birba (els diners de la venda d'ous, conills i llet, que fèiem servir per a cada dia) i deia: «Ara torno». I anava al bar i tornava borratxo, i era curiós perquè borratxo semblava molt més petitet, com si hagués disminuït. Una nit no va tornar i el tiet Sebi va descobrir que també li havia agafat bitllets que guardava a l'infern d'una americana. No el vam veure més.

Infern de l'americana. Es deu dir així, en altres llengües?

El concert de debut de la Cristina és d'aquí a dues setmanes, abans de Sant Jordi. Normalment només fan tres assaigs la setmana abans. Llegeixen dilluns a la tarda, dimecres hi van tot el dia i toquen, potser hi tornen dijous només mig dia, i estrenen divendres al vespre. De vegades els músics coneixen molt bé els programes i amb poc temps en tenen prou. Però ell ha volgut treballar-hi cada dia, abans de la primera lectura. Cada dia! Podrien saber-se la partitura de memòria i convertir les blanques en negres, les corxeres en semicorxeres, tocar a càmera ràpida sense fer *faking* i posar-se a dirigir.

A cada assaig se n'enamorarà més.

Corrent no em trec del cap:

En un treball que vaig presentar a uns jocs florals de l'escola, vaig dibuixar el còmic, ple de detalls, d'una nena que havia d'arreglar el seu tiet, esguerrat. La part central mostrava el bombardeig (en blanc i negre, copiat una mica d'*Hazañas bélicas*) que l'havia deixat d'aquella manera, i que jo havia sentit explicar mil vegades a l'avi. Jo era la millor dibuixant de l'escola. Cada any guanyava un premi en aquell concurs (vaig guanyar-ne un, de tot Catalunya, que patrocinava una marca de iogurts). No puc dir si m'esperava el que passaria o si no m'ho esperava. No puc dir si ho vaig fer perquè ens traguessin d'allà o si no se'm va acudir que ho farien. El cas és que el jurat es devia horroritzar en veure aquell penis, tan detallista, tan ben fet, que ocupava dues vinyetes. Em van fer anar al despatx de la directora (i jo em pensava que era perquè havia guanyat) i em van preguntar, esgarrifats, d'on ho havia tret, allò, que què volia dir. No recordo què vaig contestar, se m'ha esborrat del cap, sí, ho juro, se m'ha esborrat del cap, però sí que recordo com se'ns van emportar a protecció de menors i que el meu germà ho va viure com una traïció meva. A ell, la granja li agradava. A mi, no gens. «Què has fet, eh, porca, puta?», va dir-me. «Per culpa teva, per tot el que li feies al tiet ara se'ns emporten». Molts dies ell no anava a l'escola i es quedava ajudant el tiet Sebi. Els animals se li acostaven com si fos sant Francesc d'Assís. Estimava gossos, conills, un esquirol que se li va aparèixer un dia, coloms, pardals desnonats dels nius. Tots li menjaven de la mà o de la boca. Posava noms a les vaques i als porcs, caçava mosques i les tirava a les teranyines perquè les aranyes sigil·loses anessin finalment a buscar-les. Està solter, ara, sense cap humà al voltant (no hi confia) perquè qui li pot despertar amor i desig serà sempre, i només, un animal. I també va dir: «Ets com el papa, tu». Tapú-tapú-tapú.

El que recordo de protecció de menors, la prote, que en dèiem, és que ell plorava i jo no. Jo estava fascinada pels colors virolats dels llençols i les vànoves dels llits: blaves, liles, roses i amb lleons i gats vestits de circ. Me'ls mirava i notava una mena de plaer a les orelles, com quan et renten el cap. A casa nostra teníem mantes marrons amb estampats de mandràgores i coixineres esgrogueïdes que rentàvem molt de tant en tant. Aquells colors. Que confortables, que poc rellevants, que lògics, que atàvics. Algú havia pensat que als infants els agraden els colors. Jo havia de dibuixar-ne, de lleons i gats com aquells. Volia treballar d'allò. De dibuixar vànoves.

Corrent rememoro:

Quan ja havia nascut la nena i la teníem al cotxet, aïllats del món, em va passar una cosa que no m'havia passat mai. Jo no havia sigut mai «exactament» fidel a cap home. Mai, del tot, ni quan n'era. Era el meu estat natural, en realitat, la solteria promíscua, el flirteig, el galanteig, el no poder perdre cap oportunitat, ni tan sols teòrica? Era una d'aquestes dones que fan por a les altres dones, perquè compadia els seus marits, els entenia; una dèria sexual que qualsevol atribuiria a la meva pàtria (i és per evitar interpretacions que no l'he explicat mai a ningú, la pàtria, ni a Neptú).

Abans d'ell, amb els anteriors marits, em feia vergonya dir «el meu home». Anava a congressos de dibuixants, a fires, i la meva actitud corporal era de «soltera». No vaig voler tenir fills amb els altres dos.

Amb ell, ara, tots aquests anys sí, he estat del tot

fidel. També de pensament. No he pensat en ningú. Ni tan sols he fet bromes sobre homes, mai —allò que veus fer de vegades a les dones quan parlen d'actors o cantants—. Mai he desitjat cap altre home des que el conec. Potser per culpa de la meva vista defectuosa simplement no els he vist i no he pensat que hi fossin.

I en tot aquest temps amb ell, com que, en canvi, com a totes, no m'han faltat les ofertes, bavoses o ingènues, galants, marranes, suplicants, massa atrevides o massa poc, m'he observat a mi mateixa descartant oportunitats; sent fidel, no per força, sinó amb temptacions a l'abast. Com qui no beu en una festa.

Anava a la llibreria a comprar un còmic i quan en tornava, meravellada i feliç, pensava: «Que bé! Li puc dir la veritat. Que he anat a comprar un còmic. No és cap excusa!». Anava a fer una copa amb un col·lega o amb el meu segon ex (a qui ell no odia com el primer) o amb un jove estudiant de Belles Arts ambiciós i insistent, i quan tornava li deia la veritat: «He anat a fer una copa amb un col·lega», «amb el meu segon ex», «amb un jove estudiant de Belles Arts, ambiciós i insistent». «He anat a córrer» (l'activitat que més temps m'ha ocupat aquests anys) i ha estat veritat. Vull dir que no en tenia cap ganes, cap, d'enganyar-lo. Deixava el telèfon allà al respatller del sofà i pensava:

«Deixo el telèfon, no tinc res a amagar». Ningú no sabia que dolç que era, només jo. A ell no l'hi he dit mai, perquè no m'hauria entès. Amagar pesa. Sempre dorms com els gossos, si amagues. Em sentia descansada de no amagar i ningú no podia saber com n'era de descansat, allò, perquè ningú no havia amagat tant com jo en el passat. «No tinc res a amagar, res a amagar, res a amagar», em repetia. No m'havia d'inventar que havia anat al súper quan en realitat havia quedat amb un altre home per fer-li un petó fugisser, ple de risc, o li havia volgut trucar un moment des d'una cabina. Això és el que vaig fer durant el meu segon matrimoni. Mentir tota l'estona i anar a les cabines telefòniques, excepte els primers tres anys. Quan vaig enganyar el meu segon marit molt poca gent tenia mòbil i tenir amants era molt més artesanal. Sempre els dic a la Gretchen i a en Dani: «No sabeu la sort que teniu ara els infidels amb els mòbils».

Tota la meva vida cavalca al galop entre la cursileria i l'èpica, depenent només de quantes copes m'he pres. Si no bec alcohol, el món és encarcarat i previsible. Em sobra energia. Estic més creativa (hagi begut o no, corro sempre bé), però em falta transcendència. Si no bec, netejo la cuina, em torno casolana, em poso el pijama. Però jo no puc ser així davant d'ell. No resisteixo la prova en pijama gruixut. Ell m'estima (m'estimava) asseguda en un tamboret de bar de vins, amb talons, parlant de pintura, coneixent tots els noms de totes les ampolles de vi de la nevera transparent, sabent quina és la cançó que sona al fil musical sense dubtar gens, veient com es fa de nit. Si vull que no m'estimi, només li haig de dir que compri bosses d'escombraries. Si vull que m'estimi, m'haig de destruir.

—Avui, quan acabi l'assaig, aniré jo a ca la Cris —em diu aquesta tarda.

Jo ja no tinc febre, només molta tos (i la conseqüència) i una mica de fluixesa. Em quedo garratibada un instant. M'ha commogut el diminutiu, més que la notícia. «Cris». Cris, que familiar.

—Compra bosses d'escombraries, si pots —contesto.

I tota atabalada i compungida i adolorida crido la gossa. Té un nom graciós, el d'un gos famós del món del còmic, un nom pensat, de família complagudament feliç i en certa manera urbana. No el diré, ara em fa vergonya, perquè ja no té cap sentit. Un nom d'aquests, irònics. Això que es fa. Al peix li poses Einstein i a la tortuga, Marie Curie (perquè, com als llibres de text que dibuixo, cal buscar la paritat científica). La parella d'hàmsters de la Francina es diuen com els reis d'Espanya. Fem coses així.

Li ensenyo la corretja, per anticipar l'alegria, i sortim a buscar la nena a l'extraescolar de teatre, al casal del poble. Me'ls imagino a tots dos al pis de Gràcia (del carrer Ros de Olano, ara ja ho sé) i el pis el «veig». Com quan, sense ser-ne conscient, t'imagines la casa que no has vist mai d'algú que coneixes. Un company de feina diu, com qui no vol la cosa, que es va adormir al sofà veient el partit de futbol i tu, si no l'has vist mai, casa seva, la veus sense adonar-te'n; «visualitzes» el sofà i la tele, potser no amb tota la nitidesa. I si un dia finalment la veus, casa seva, automàticament el cervell fixa el sofà de veritat i oblides per sempre el que havies creat. Amb la Cristina veig una calaixera (potser trobada en un contenidor) pintada de blanc trencat i després decapada, amb la col·lecció de pintallavis tan vermells al damunt, i també veig un penja-robes amb molts barrets de feltre comprats als encants.

Cris. Si ha dit «Cris» davant meu, és clar que ja li diu «Cris» a ella. Però com devia ser la primera vegada?

Amb la nena, comprem un Calippo i anem a un parc de tirolines a que se'l mengi asseguda, perquè ens agrada donar-n'hi a la gossa i riure de la seva sorpresa amb el gel. Jo miro el WhatsApp per veure si diu res i com que no diu res (mai diu res) li envio una foto de la nena amb el Calippo. Quin xantatget ridícul.

—On és el papa?

—A casa de la Cristina, assajant.

—Ah.

—El papa troba que així, pobra tia, no ha de ser ella la que va sempre amunt i avall en tren —explico.

Però no li sembla estrany, o no ho demostra.

Li cau un tros de Calippo a terra. I de cop, tres o quatre nens petits que jugaven al sorral venen corrents amb les pales de plàstic. Sense dir-se res de res enterren el tros de gelat a la sorra. Un instant coordinat. Tres palades i ja és sota terra. Piquen la sorra amb la pala, per compactar-la. Per què l'han volgut enterrar, per què? I, un cop fet, marxen tal com han vingut, se'n tornen al sorral. La meva filla se'ls mira amb divertida superioritat de gran. Jo no, jo els veig com monstres amb una missió secreta. Se m'humitegen els ulls. Tinc por d'aquests nens.

—Va, marxem, correm —dic. Cris, Cris, Cris.

Corrent penso en ell, ell, ara:

Ell, ara, per a mi, és com aquests locutors de ràdio que escoltes cada dia, distretament. Tenen tics que ja coneixes i que potser t'irriten, que ja no et sorprenen; els critiques, te'n rius, però si pleguessin i fossin substituïts per un altre locutor, et sabria molt de greu, perquè els trobaries molt a faltar. El que més trobaria a faltar d'ell, si se n'anés, seria un gest que fa quan afina. Es posa el violí a l'espatlla i l'aguanta amb la barbeta només. Ho fa per demostrar-se que no li cal agafar-lo amb la mà, que la mà no fa cap força, que ha d'estar lliure per a la seva dansa de dits.

Ja estic bé del tot, però la tos no se'n va. Arriba el bon temps; falta molt poc per a Sant Jordi. Jo aniré a Barcelona a firmar el llibre de les llistes, i el meu veí, el de les dones tan fortes. Estic plena d'energia un altre cop i la celebro com si fos un superpoder, però soc una altra, soc una vella, i no seré mai més la que vaig ser. La Gretchen, en Dani, la Francina i jo sortim a córrer al matí, després de deixar les nenes a l'escola, i fem els nostres dotze quilòmetres per la muntanya, amb els gossos, entre ametllers i oliveres. Un pagès ha posat tot d'ampolles petites d'aigua, de cap per avall, al filferro que tanca el camp.

—Has d'anar al metge. No és normal aquesta tos —diu la Francina. És una tos que ja és tant part del meu cos, tant, que no puc entendre que ells no en tinguin.

—Posa't una ceba a sota el llit; és tos nerviosa —diu la Gretchen.

—És que és tos improductiva —diu en Dani.

Els asseguro, tossint, que aniré al CAP. Es percep una alegria reproductora en l'ambient. Insectes, ocells, cada un d'ells acceptant l'edat que li pertoca, fent el que li pertoca, reproduint-se sense alcohol, i sense Beethoven, fent fora els pollets; cap excusa, doncs, per seguir mantenint aquell niu a mitges sense cries.

—Passa al davant, si vols —diu la Gretchen a en Dani. No li agrada córrer de pressa per les baixades.

—I ara! No puc anar més de pressa, això casca els genolls —fa ell.

Sempre pequem d'amables. Sovint, l'estona que correm serà la que haurà contingut més amabilitat del nostre dia i la nostra nit.

—Em vaig barallar amb la meva dona, ahir —mormola la Francina.

—Explica —fa la Gretchen, des de davant.

I tots tres ens disposem a escoltar i comprendre, com sempre, com cada dia.

—De vegades em fa de mare i de vegades em fa de filla —es queixa ella.

—Sé què vols dir —dic jo.

Tots escoltem la petita explicació, que no sortirà mai d'aquí.

Fase 1: Poses els peus entre els d'ell perquè tens fred. Ell n'està orgullós, et vol cuidar.

Fase 2: Poses els peus entre els d'ell perquè tens fred. Ell es queixa una mica de broma.

Fase 3: No poses els peus entre els d'ell encara que tinguis fred, perquè no es pensi que vols sexe.

Fase 4: Si, per error, poses els peus entre els d'ell, no hi ha cap possibilitat que cap de tots dos es pensi que l'altre vol sexe.

Fase 5: llits separats pels roncs, la malaltia, l'odi o l'insomni. Si hi ha diners i pocs prejudicis, habitacions separades. Si no, tot sovint un dels dos (en el cas heterosexual sol ser ell) dorm al sofà.

Fase 6: Mort d'un dels dos i dolç enyor de l'altre.

Tot això, esclar, sense comptar amb l'arribada d'una Cristina. Si és així, tu et saltes la fase 5 i 6 i ell retorna a la fase 1.

Llistes com aquesta il·lustrava per al llibre amb la periodista, però no tan tristes.

Corrent recordo:

Mentre érem a protecció de menors l'àvia va tenir un atac de feridura (se'n deia així, també, abans, d'un ictus) i llavors el tiet Sebi va llogar una dona del poble perquè portés la casa i netegés el tiet Ventura.

(No sé si li va demanar que l'arreglés). Nosaltres la coneixíem. Es deia Quima i, de tant llantiada que anava sempre, els nens del poble li deien «la tia marrana». Però es veu que ell, que ja passava dels quaranta anys i mai havia conegut cap dona, se'n va enamorar. Li va escriure una carta en què li demanava matrimoni. La tinc, perquè es va quedar per allà, rebregada, un cop que la dona, es veu que rient, li va donar carbasses, i l'àvia la va recollir.

El tiet Sebi, aquell dia mateix, el dia de les carbasses, es va menjar les llenties fetes per ella; es va prendre un cafè, també fet per ella; va deixar apariats els animals, i, tot seguit, se'n va anar al paller, es va cobrir el cap amb un sac de civada i es va disparar amb l'escopeta de caça. Se'l va trobar l'àvia. El meu germà va anar a l'enterrament, jo no. Jo tenia por que em tornessin a enxampar, que em fessin quedar amb ells, i jo volia la prote. Els llibres infantils de la prote, els cuidadors de la prote, els llençols virolats de la prote. Vaig fer veure que estava massa impressionada, i tots em van comprendre i em van demanar que en fes dibuixos, que bé que s'hi estava sent compresa i fent dibuixos. Fer dibuixos per no haver de parlar. I com no hauria hagut de voler ser dibuixant. «Ets com el papa».

El tiet Sebi va escriure la carta en castellà, la llengua apresa a l'escola, la de prestigi, però hi ha una frase que no va saber traduir i que està en català, allà enmig de les formalitats com ara «Apreciada Quima, la presente es para decirle que...». La frase és (en corregeixo les faltes): «M'he agradat de vostè i li duc voluntat». El que és sorprenent és que ell va escriure tota la carta en majúscules, excepte aquesta frase, en minúscules. Per què? Perquè considerava menor, sense ser-ne conscient, aquesta altra llengua, prohibida per la dictadura, no estudiada a l'escola, o perquè intuïa vagament la idea de la cursiva, de les cometes, de la diferenciació? Però llavors vol dir que des del principi de la carta ell havia sabut que escriuria aquesta frase, per a ell intraduïble. Agradar-se de. Quanta, quantíssima pena.

L'endemà és dissabte, i la Cristina ve a assajar tot el matí, amb un vestit llarg fins als peus, que li marca l'escot i li dissimula els malucs. Ell, el meu amor, diguem-ho tot, aquella tarda que va anar a assajar al carrer Ros de Olano va tornar una mica avorrit per la incomoditat. Allà no hi havia ni el piano de cua, ni la pipa de fumar, ni el whisky ni cap de les seves coses de senyor espòs.

Té els ulls molt bonics, grisos i una mica plorosos, la Cristina. Li noto les calces, que li oprimeixen les galtes d'un cul que desconeix el *body pump*, les agulletes, les bromes d'en Dani. Me la imagino a la nostra piscina comunitària amb les cames plenes de cel·lulitis. Jo en tinc molt poca, només al cul, per l'esport. Però els meus genolls ja són tot pelleringues. Qui els voldria besar?

—M'agrada el teu vestit —li dic. I tos. Vaig tant al lavabo a canviar-me la compresa de les pèrdues, que tinc por que ell es pensi que he caigut en la cocaïna.

Si li hagués dit «Estàs molt guapa», ell hauria sospitat de mi. No dic mai coses d'aquestes a les dones, davant seu. Fins ara competíem.

—Sí? És africà.

I m'explica la història del vestit, on el va comprar (al barri de Gràcia, esclar) i quan. Que jove que la veig, que orgullosa amb els seus malucs, que emmurriada i altiva. Jo l'escolto amb l'interès d'una amiga de la seva mare. Què pretenc? Suposo que ho sé a mitges, avui.

—Voleu dinar primer i després assajar? —pregunto.

Estic fent de mama. Ell i ella, de cop, són els nens. El mateix que li passa a la Francina. A tothom.

—Potser sí —diu ell.

—Fem una cosa senzilla? —insisteixo.

—Fes una amanida verda i ja vaig a comprar un pollastre a l'ast, si vols —diu ell.

Les amanides verdes és l'únic plat que s'accepta que puc preparar sense equivocar-me (i encara, tot sovint, se me'n critica l'excés o absència de sal i de vinagre).

Per dins ric. Què farà ella? Es quedarà amb mi tallant tomàquet i pastanaga amb la lentitud, amb l'absurda minuciositat i poca eficàcia dels convidats, buscant conversa, o anirà amb ell a la rostisseria? Quin serà el vocatiu? «Oh, tu, pastanaga a rodanxes» o «oh, tu, pollastre donant voltes»?

Crido la nena, que juga a la *tablet*, perquè pari taula. Ella, la Cristina, també vol ajudar, i provo de negar-m'hi, «no, no, no cal, Cristina, ja ho faig jo». Em posa nerviosa que algú em vagi demanant on són les coses. «On tens els gots?» Demanen sempre coses concretes que no sé si tenim (tinc), com «tens una plata llarga?». «Tens un ganivet de serra?». No ho sé, soc un gnom, demana'm encanteris per treure serps per la boca.

—Ja t'acompanyo i ho paguem a mitges —li diu («oh, tu, pollastre donant voltes...!»).

—No! —protesta ell—. Pago jo. Però acompanya'm, sí, i així escoltem la còpia al cotxe.

«Escoltem la còpia al cotxe». Això em fa mal, ho reconec. S'han gravat al mòbil i ara el connectaran als altaveus (o alguna cosa semblant que s'escapa de la meva comprensió). Em sento substituïda. Però de seguida torno a ser la temperada reina mare, duquessa de les pèrdues.

Corrent penso:

Fa anys, quan la nena anava al parvulari, la vaig anar a buscar amb una bossa de platja, de colors llampants, que havia dibuixat per a l'empresa de vànoves, cortines de dutxa i estovalles. Se la va mirar i remirar, la va palpar, i els gemecs que feia i les maneres de comprovar-ne la textura eren clarament emoció estètica. Una mena de síndrome de Stendhal preescolar. Jo també gemego sempre, sense poder-ho evitar. Gemego quan corro, gemego al llit, gemego d'alegria i de pena, de son, al gimnàs després de l'esforç; sempre gemego, és el so que em defineix. Podria doblar porno mentre em dutxo, menjo o plego la roba. Ella no ho recordarà mai, això de la bossa. No podrà recordar el moment en què havia de palpar una cosa per comprendre-la. No pot recordar aquesta sinceritat i aquesta emoció per la pintura, pels colors, que no tornarà a retrobar fins que no tingui la meva edat. A la meva edat, com ja s'ha dit, la sortida del sol et faria aplaudir.

Seiem a la taula de la cuina. Ell al seu lloc; jo al meu, al seu costat esquerre; la nena al seu, al dret. La Cristina, al que queda lliure, el que no és de ningú (perquè està d'esquena a la tele). Ell talla el pollastre, una feina reservada al marit. Sap que a mi m'agrada la cuixa, em posa cuixa. Sap que a la nena li agrada el pit, li posa pit. Què li agrada a la Cristina? Aviat ho sabrem.

—A mi m'és igual, tot em va bé —diu. No ho diria, esclar, si fos l'esposa.

—Doncs ala. És la millor part —fa ell.

La nena i jo ens mirem. Sempre intenta amb nosaltres dues que mengem ala i no ho aconsegueix. Amb la Cristina sí, perquè és la nova. La Cristina li dona la raó en tot. Seu a la seva esquerra i li gira el full.

En acabat, vaig a fer cafè (feina reservada a l'esposa). Toca saber com el vol la Cristina, escoltar les seves explicacions precises. Potser vol el cafè sol perquè ella es... Potser no s'hi posa sucre perquè ella no es... Potser prefereix te i ara em farà buscar una tetera pels armaris? No. De te, no en penso fer. Diré que no en tenim.

—Tens estèvia? —em pregunta.

—No, què és?

Em mira des d'una alegre suficiència.

—Ai, que graciosa, ara m'has recordat la meva mare —em diu amb un somriure magnífic.

Jo no moc cap múscul de la cara. Contemplo, ho juro, la possibilitat de matar-la. Hi ha un sistema boníssim; de fet, no sé com és que la gent no mata més d'aquesta manera. Beure molt d'alcohol, però molt, i atropellar-la, un vespre que surti de casa nostra per anar a agafar el tren (ell aviat ja no la portarà ni a l'estació).

—No, no et pensis, ho dic en el bon sentit —afegeix—. La meva mare és una senyora meravellosa.

La meva no ho va ser. Per això, jo sí. La seva sí. Per això ella, no.

Entregar-me immediatament a la policia perquè em fessin la prova d'alcoholèmia i donar positiu. Molt positiu, no una mica positiu. Dir que no recordava què va passar. Dir que no tinc carnet de conduir, que no sé què m'ha passat. No entraria a la presó. Seria així de fàcil. Només es tracta d'accelerar i ser capaç de suportar trossets de cervell barrejats amb flocs de cabells de color rosa pel vidre. Però també hauria de suportar la pena d'ell, i això sí que seria insuportable.

Dinant, la Cristina, indignada, ens ha explicat que Von Karajan no volia dones a l'orquestra. I jo?

Vaig conèixer el meu primer marit quan vaig sortir, legalment, de la prote. Com el meu pare, em vaig desentendre del germà, del tiet, de l'àvia ferida. Feia veure que no hi eren. Em vaig començar a buscar la vida com si fos òrfena. Amb els meus altres companys, tots deixats anar als divuit, anàvem a França a fer la verema, a la farmàcia compràvem unes pastilles amb receptes falses per aprimar-se que portaven amfetamines i les reveníem, més cares, als que es volien col·locar (al cap d'un temps les van prohibir). Ens colàvem al tren, amagant-nos al lavabo sense tancar amb baldó, perquè el revisor (a qui tothom anomenava «el pica») es pensés que no hi havia ningú. Anàvem fent.

A través d'un d'aquests companys (el fill d'una minyona que es deia Visitación, *Visi*, a qui el senyor li havia fet un bombo) em va sortir la feina d'ajudar a muntar els camerinos per a un concert organitzat per Amnistia Internacional, a l'estadi de Montjuïc, a Barcelona. Havíem de posar sofàs, taules i plantes a les caravanes dels músics, grapar moquetes. I jo, esclar, pintava murals a les portes dels camerinos i pictogrames de bruixes i bruixots als *sanitrits*. El promotor del concert, una petita celebritat al món del *management*, era ell. Era setze anys més gran que jo i, com que em va rescatar del carrer, no em va convenir veure que se n'anava al llit amb mi però també amb totes les cantants i coristes que promovia. Em va donar feina: decoraria els seus bars d'Eivissa. Allà ens vam casar.

No em vaig enamorar d'ell, em vaig enamorar de la protecció (de majors) de la feina, la roba, l'alcohol, els tubs i tubs de pintura, els discos que em proporcionava i el pis (amb una sala de cinema, fotografies eròtiques al capçal del llit i una biblioteca tan gran com no havia vist mai). Em va fer matricular a la universitat i allà vaig començar a tenir les primeres feines: un cartell per a la festa major d'un poble, el d'una peixateria (amb cargols de mar, llamàntols i una sirena)... Llavors, un dibuixant reconegut va venir a la facultat dient que buscava un fondista (el que fa els fons de les vinyetes) per a un còmic. La feina, que em duraria dos anys, va ser meva (i ell acabaria sent, al cap dels anys, el meu segon marit). Ell dibuixava els protagonistes i jo, els «fons»: ell, el dolent disparant des de la finestra d'un cotxe; jo, els fanals, els arbres, la lluna, els edificis amb gats al damunt. Amb ell vaig aprendre tot el que sé, però aviat també coses que ell ja no volia saber, perquè també era més gran que jo i estava molt cansat. Dos anys fent fons, no dormint a les nits quan tocava entregar, feliç perquè vivia de dibuixar, tot i que els fondistes no firmen la feina. Ser fondista és una manera de ser: la meva. Prefereixo el farcit que el gall, la guarnició que el tall.

Quan van publicar el llibre, els de la tele van fer-li un reportatge a l'autor i jo també vaig sortir a les imatges, d'esquitllentes, netejant pinzells. El meu pare, en veure'm, va trucar a l'editorial i va deixar un número de telèfon, que va resultar ser el d'un bar.

—*Hombre*, Shane, t'he vist per la tele! —em va dir quan vaig tornar-li la trucada—. Deus tenir duros, ara.

Vam veure'ns en una pizzeria de la Gran Via que es deia El Viejo Pop i que tenia el logotip d'un hippy barbut que anava en bicicleta. Em va dir que vivia amb una dona, la Cati, que feia feines a les cases. «No et pensis, es guanya molt bé la vida». I ja em va fer saber que tenia deutes amb un usurer, i que si no volia que li trenquessin les cames per tres llocs (un *hat trick*, va dir), li havia de deixar diners, que em tornaria de seguida, quan tanqués un negoci que estava fent amb uns empresaris que volien invertir a Gabon. Per invertir a Gabon ell s'havia de fer cavaller de l'Ordre de Malta i necessitava diners per al vestit. Jo no sabia ni on era Gabon i, perplexa per la complexitat de la bola, li vaig donar diners, que, llavors, encara es comptaven en pessetes.

Potser mig any més tard, va entrar a la presó per estafa, i ja vaig saber que la Cati, en realitat, era prostituta (tapú). No el vaig anar a veure mai, a la presó. El meu germà, sí. Jo no veia a ningú. Es van morir l'àvia, primer («nens, no aneu a veure qui s'ha mort, perquè soc jo!»), i el tiet Ventura, després, i ni tan sols ho vaig saber. Se'n va cuidar el meu germà.

Corrent penso:

El fet de voler dibuixar històries transcendents fa que la meva existència sigui molt banal. En canvi, quan dibuixo coses banals, com les llistes, per força la meva existència ja és més transcendent.

Però l'any passat, el pare va sortir de la presó i jo, premenopàusica, vaig perdre la fúria que sentia; vaig pensar que es moriria, i vaig voler que conegués la nena i Neptú. Vam establir que vindria a dinar un cop al mes amb els meus sogres (que jo estimava tant, perquè eren *tan normals)* i li donaríem diners. El pare vivia amb la Cati i un fill d'ella en un pis del carrer Hospital, a Barcelona. El meu germà feia de pastor. També li vaig trucar, però ell no em perdona la prote. «Ets una porca i volies que jo fos un porc».

«Passar el dia». Ara, doncs, el pare i els sogres venen a «passar el dia» aquest únic diumenge al mes. Passar el dia. Només pots dir aquesta frase d'abans si esperes un ordre natural, a la vida; si no saps que el teu home s'està enamorant d'una dona; si no esperes gaire, en realitat.

aC, ell els anava a buscar a l'estació amb cotxe i feia canelons o peix a la sal o xai al forn (coses de diumenge). Però com que avui, també, la tenim assajant (em fa gràcia pensar que després de tants assajos ja vindrà un senyor amb capa a encarregar-los una missa de rèquiem), per dinar torna a haver-hi pollastre a l'ast com els que jo dibuixo tan contenta, i venen tots tres, els sogres i el pare, a peu, ranquejant des de l'estació, com una tropa de còmics d'abans, pecant d'amabilitat i de prevenció. La meva sogra va calçada com si sempre hi hagués d'haver un home al seu costat per donar-li el bracet. Es concep així, agafada de bracet, perquè és d'aquestes dones que encara queden que —diuen— «no saben caminar planes». El meu amor va estudiar al conservatori perquè ella, la mare, estima la música (diu que hauria pogut ser una soprano), al contrari que el pare, que no té oïda ni cap sensibilitat. De tots nosaltres és la que més l'estima. Després hi vaig jo, per davant d'ell, però no de la Cristina, que s'emociona com ningú quan toca. Jo podria no dibuixar mai més, però sempre voldria la música.

Deixem escolar-se el matí allà, asseguts en cadires

d'exterior de vint euros, grisoses de tantes pluges, a la mica de gespa artificial que ja venia amb la casa, provant de treure temes de conversa. La nena mira TikTok a dalt, i ell i la Cristina, partitures al soterrani. A les dotze en punt fem el vermut, tal com pertoca. Per a mi la vida seria això: un vermut perpetu, no aprofundir, trobar-ho tot bo de manera fàcil, picossejar, no mastegar gaire intensament, sentir el so cruixent, tan estimulant, de les patates fregides, l'alcohol gairebé en dejú, la sal, no tenir gana de dinar i, finalment, no dinar.

El meu pare xarrupa el suc de les escopinyes de la llauna estant. Destapo bombolles per a mi i per a la sogra perquè ell vol un vermut (un vermutet) «però amb un got, res de mariconadetes». Poso patates en un bol, amb poca traça (no sé què fer ara que el Neptú em deixa sola amb aquestes tasques d'intendència que em fan tanta vergonya), i agafa la bossa i no la deixa anar.

A l'hora de dinar (una llarga hora més tard) venen tots a la cuina. No tenim taula de menjador (la sogra sempre ens ho retreu) perquè al menjador, molt petit, hi tenim el piano de cua. Sofà i piano o sofà i taula, tot no hi cabia. Al principi de tenir la casa, quan tan alegrement havíem decidit que taula no, havíem fet algun sopar, tots dos sols (podíem estar sols i ho volíem) amb els plats al damunt del piano. La nena era un bebè que se'ns mirava des de la Maxi Cossi.

El meu pare ha portat dos-cents cinquanta grams de pernil salat en un paquetet. El llença a la taula, sense ni demanar un plat, i ens diu el que se n'ha fet: trenta euros. Es mira la meva sogra:

—Vaig dir «faci'm un cul de pernil», sap què vull dir, un cul?

La dona diu que sí, amb el posat encongit, estupefacte, reprovador, i per tant massa educat que sempre li dedica, que sí, que sap el que vol dir un cul.

—I me'n vaig fer tallar els remostrons.

Tot sovint diu paraules que no conec. Paraules que es perdran, quan es mori.

De seguida és el meu sogre qui agafa el pes de la conversa. Ell vol agradar-me, sempre, i ho aconsegueix, perquè jo adoro la repetició i la banalitat, l'intranscendent, la cadència. Vol agradar-me més que el meu pare i que el meu home. La meva sogra es mira la Cristina, que no pot resistir-se al pernil, i em comprèn amb els ulls.

—T'has aprimat, tu, nena —em diu.

—I ara! —protesto. Però li agraeixo les paraules.

La Cristina mostra aquestes ganes d'escoltar els vells, exagerades i impostades, d'alguns joves que volen ser «singulars». Tot el que diu el meu sogre és «genial», tot el que fa la meva sogra és «total», i el meu pare, llepant-se el dit i passant-lo per l'interior platejat de la bossa de patates, és «díver».

—Hi ha una cosa que et volia explicar, tu que t'hi dediques —em diu el sogre.

L'home va treballar sempre de nit, en una impremta. Ara, jubilat, és com si descobrís la llum del sol, el plaer del xivarri, els insectes diürns i els nens desperts, les botigues, i, esclar, fer-se escoltar. És un d'aquests homes que encara existeixen que tenen la particularitat que els agraden els trens. Les seves ànsies de transcendència i de vida artística han anat a parar aquí: als trens. Per què els trens, i no els avions o els cotxes? No se sap. Tenen molt en comú entre ells, els amants dels trens. Són polits, sovint gasten bigotet, arxiven les factures, es pentinen enrere i es posen colònia al cap, van a comprar el diari, es posen armilles de llana de color de vi.

—Tu ja saps que l'avi del teu home va estar a Saint-Cyprien i d'allà a la plaça de toros de Sant Sebastià. T'ho ha explicat o no? L'hi has explicat, Òscar?

Que present, la guerra, en les seves vides. Fer la guerra. Fer el soldat. Com un joc. Neptú, en realitat, el coneix poc, com la seva dona i la seva filla, perquè sempre dormia. És un desconegut amable que els torba, ara, estant despert.

—Em sembla que sí —dic. Però no m'ha explicat res.

—El va avalar un tiet, que va pagar cinc duros d'or per treure'l d'allà.

El meu pare es llepa els dits, com un gran simi, amb mirada intel·ligent però distreta.

—Doncs aquest tiet, que tenia molta influència, era un amic del bisbe de Barcelona. Es deia Díaz de Gomara —fa el meu sogre.

Entén que és important, vol que jo m'hi interessi, i en parli als del diari (es pensa que em farien cas) donant-me'n molts detalls, que no sembli una invenció. Ell no m'ho explicaria si no sabés del cert tot el que va passar amb aquest bisbe. I jo dic que sí, i hauria estat morta d'amor si no hagués estat pel que ja sé. La Cristina obre tant els ulls que temo que li cauran al plat, com a santa Llúcia, però a mi m'ignora. Deu pensar que la dibuixant de les llistes no és digna dipositària d'aquell record del pare del seu futur amor.

—La meva tia era portera de l'església de Sant Sever. Li havien matat el marit a la txeca de Sant Elies.

—Ja ho has explicat, això, ja ho saben... —diu la sogra. S'ha passat tota una vida fent classes de cant amb l'home al llit, sense ser a taula a cap àpat, i ara la destorba que vulgui recuperar el temps perdut.

En un arbre, se sent el soroll d'un pica-soques, que fa una vibració igual que el meu rellotge de córrer, quan m'avisa que se m'ha disparat el cor: zic zic zic zic zic.

—Ja ho he explicat? Ja ho sabeu?

La Cristina surt al rescat.

—Ai, però jo no! Jo no ho sé... —Amb veu de nena. Sona com: «Però txo no ho txe...».

Ha begut de les meves bombolles com si res i es nota. Es fa la coqueta. Vol agradar-li al pare d'ell i que ell ho percebi.

—A aquests els van portar amb l'*auto de la muerte* al cementiri de Montcada i Reixac...

—Home, devien ser facciosos al màxim —exclama el meu pare. No és un retret, ni un elogi, aquesta paraula: *facciosos*. En parla com si parlés del destí de cadascú. Quadre de costums.

Me la miro. Cris, Cristina. Té un nom bonic, de filla esperada. Jo tinc un nom lleig, el del sant del dia, de filla inesperada. Remei. Com medecina. La Francina em diu Mei, que és una disfressa que no se m'havia acudit mai. No m'agraden els que em diuen Reme, sense preguntar. A ella li diem Fran, però Francina em sembla un nom bonic.

—Doncs la tia, que era brodadora de sants, boníssima, boníssima, li brodava els calçotets al bisbe. I quan el van matar, va ser ella la que el va haver d'anar a reconèixer pels calçotets. «Sí, sí, són els calçotets», va dir. «A. P. Antonio Ponti». Els va anar a reconèixer al Clínic. A ell i a dos més. Tu no en pots treure alguna entrevista, d'això?

El meu pare aixeca el cap, com si el simi hagués sentit un soroll. Ja ha acabat de llepar la bossa i remena el vermut (amb un glaçó a dins i una oliva) amb el dit.

—Jo també tinc anècdotes, eh? —protesta—. Jo també tinc explicacions per donar-te si vols fer un llibre d'aquests estranys, dibuixats; un llibre que se surti de *lo* corrent... —I agafa aire—: Jo tenia una cosina que va agafar la malaltia aquesta que no mengen.

Somric. La Cristina fa com alguns periodistes televisius que he vist actuar fora de la feina: són capaços de mostrar un interès exagerat i forassenyat per qualsevol cosa, però com a màxim durant tres minuts. Després, els amara la dispersió. Ja s'ha cansat.

—Et desparo la taula, nena? —fa la meva sogra—. Avui no hem pensat en el pastís de sempre.

—Apa! I per què vostè? Per què les dones? —es queixa la Cristina, però rient.

—És veritat, eh? —li dona la raó l'Angèlica, seriosa.

«Et» desparo. El possessiu. El fa servir sense adonar-se'n, de la mateixa manera que li diu al marit «compra'm sabó per a la rentadora». «Compra'm». De cop em fa gràcia pensar què passarà si la senyora es posa a escombrar i passar el drap de la pols davant de la Cristina i serveix un whisky als homes un cop els hagi tret les sabates.

Igualment, (me) la despara.

El meu pare s'estira en una de les dues gandules bessones, comprades al Leroy Merlin; tanca els ulls, i al minut ronca, cosa que desmunta del tot les teories de l'insomni i els remordiments. El meu sogre, nerviós, camina amunt i avall. La Cristina s'ha posat un mocador als cabells, s'ha tret el jersei i s'ha quedat amb una samarreta caqui de tirants, prenent el sol, i, sobretot, mostrant que gaudeix intensament de ferho. Sense públic no ho hauria fet. Jo me la miro des dels meus cinquanta i tants. Quant em falta per la puntualitat mòrbida, per increpar els conductors als passos de vianants, per la poca set, per les ganes de sobrealimentar i per la colònia als cabells? Quant em falta per l'autoajuda i el creixement personal? Pels tallers de flors seques? Per abandonar l'argot i la tecnologia? Per enviar, sempre tard, avisos, sempre falsos, a tots els grups de WhatsApp? Per prendre el sol, però no com ella, sinó per raons purament medicinals?

Al cap de vint minuts, quan hem calculat que la migdiada ha estat profitosa, el meu amor proclama que ja és hora d'assajar. El pare s'aixeca (moviment rígid, mecànic, de Dràcula sortint de la caixa).

—Tu, Shane. No triguem tant a veure'ns, que si triguem gaire potser no hi serem a temps, eh? —diu en broma, com volent dir que es morirà.

I tot seguit es frega el dit polze amb l'índex, per fer el gest, estereotipat, que indica «diners».

—No em donaràs una miqueta de carinyo, avui, Shane? —romanceja.

Jo ja tinc un sobre preparat, que li dono davant de tothom. Que quedi clar que tots dos ho fem per diners.

—Si voleu, us porto a l'estació —diu el meu home.

Però ningú no podria contestar que sí al condicional.

—No, no cal, nen, deixa, deixa —fa la sogra—. Així fem baixar el menjar.

—Angèlica, vine a dir adeu —crido.

La nena ja fa estona que ha fugit, sigil·losament, perquè no es noti, cap a dalt. Ningú en aquella casa, excepte jo, no és en terra ferma.

Es posen les jaquetes mansament. El meu pare li està dient a la meva sogra:

—Ahir feien una pel·lícula a la cinc i no em va agradar. I vaig dir: «Saps què? *Pues* a la merda, tu!».

Corrent em pregunto:

Si pogués, faria que la Cristina no hagués aparegut a la nostra vida?

Sí.

Per què?

Per la por de la xerrameca de tothom quan se sabés. Perquè no tenia previst aquest final. Per la pena de la meva sogra. Per no veure com la nena la prefereix a mi i com me n'explica coses boniques amb una certa crueltat.

Podria evitar que ell s'enamorés si jo m'hi esforcés més?

No.

Ho intentaria si ho pogués evitar?

Suposo que no.

Podria evitar que ell se n'hi anés al llit si li exigís fer-la fora de la nostra vida?

Potser.

Vull que ell em segueixi estimant com sempre?

Sí. No. Vull surar i prou. Vull que ell estigui congelat.

Vull tenir-hi relacions sexuals?

No puc dir sí, no puc dir no. Però no voldria que ell les tingués amb ningú més.

Vull tenir-les amb algú?

No. No.

Sola?

No.

Al món hi ha qui les vulgui tenir amb mi?

Sí.

Hi hauria de pensar, en aquests? Raona la resposta.

Sí. Perquè fer-ho amb ells seria redempció i sacrifici alhora.

Hauria de pensar en els que han anat al llit amb mi? Raona la resposta.

Sí. Hauria de perdonar el meu primer ex (sense que se n'adonés). Hauria de demanar perdó al meu segon ex (sense que se n'adonés). Els hauria de reunir un últim cop (sense que se n'adonessin).

—Aquest any, per Sant Jordi, voldria fer una festa —li dic al meu amor aquell vespre—. Per celebrar el nostre aniversari. Després de tot el dia firmant, que em fa gràcia, perquè aquest any...

Ell i jo ens vam conèixer la nit de Sant Jordi, a la festa de la meva editorial, quan jo no pensava que acabaria il·lustrant mai cap llibre de llistes. M'acabaven de donar un premi pel meu primer còmic; un d'aquells llibres prestigiosos que no es vendran gens. Ell hi tocava amb un quartet d'estàndards de jazz, muntat expressament per a aquell dia. No van ni assajar. Tocaven mentre la gent menjava canapès i bevia cava, i jo m'hi vaig acostar i els vaig felicitar.

—Ah sí? Però a qui l'hi vols dir? —fa ell—. Aquí no hi cap ningú...

Fa un somriure xuclat i exhaurit. No està per festes. Ja no hem de mostrar-nos al món.

—Als meus amics de córrer... Pares del col·le, gent del diari... Al Jordi... —El Jordi és el meu segon ex—. Gent de l'orquestra, si vols; el veí...

—Home, tot depèn de quanta gent sigui, no?

—I la Cristina, també —afegeixo.

—Sí, sí, esclar.

Vull ballar amb una copa a la mà després de passar-me el dia firmant el llibre de les llistes a Barcelona. I aquella nit, a la festa, agrair-ho per dins i actuar, perquè si no m'afanyo, ja no hi seré a temps. Ni anar-me'n, ni dir-li que se'n vagi, ni discutir (ni matar-la, ni matar-lo, ni matar-me).

aC, que jo arribés a casa de dibuixar la vinyeta del diari (ho faig allà, a la redacció, perquè m'ajuden triant el tema o no ho sabria fer), ho aturava tot. Ell, la nena i la gossa sortien a rebre'm i a provar de copsar el meu estat d'ànim, que els importava tant. Jo preguntava què hi havia per sopar. Hi havia coses bones i familiars, com ara calamars a la planxa, broqueta de pollastre (comprada feta, a punt per posar a la paella), crema de verdures. Coses de dia de cada dia. Aixafar mongeta tendra i patata amb la forquilla. Fer això, durant molta estona, perquè la mongeta quedés completament esmicolada. Convertir-ho en una pasta i, en acabat, construir una mena de muntanya plana per dalt, em feia bramular per dins, quietament, de felicitat solitària. Ho feia mentre la nena rondinava. Pensava: «Que bé que estic, que bé que estic... No vull ser ningú més».

Però d'un dia per l'altre tot ha canviat. Des que assagen, per sopar «s'improvisa alguna cosa», perquè ell ja no «pensa què farà», com abans. Improvisar. Jo no voldria aplicar mai aquest verb a les coses de menjar. Em fa pensar en una gent que no som nosaltres. Però és que després de Cris ja no som nosaltres.

dC, quan jo torno a casa al vespre, si estan assajant, no s'interrompen i la nena, doncs, tampoc. Surt la gossa, pobra. I de seguida arriba un vespre (potser el tercer o el quart) que ja me'ls trobo a tots dos, a la Cristina i a ell, fent el sopar. Amanida i truita. Un «hola» massa perplex, meu. Un «hola» massa simpàtic i musical d'ella. Dues notes. Si, do? Un «hola», massa atrafegat, d'ell. De tota manera, tot i la «improvisació», les amanides que fa són boniques de veritat, no com les meves, que ho contenen tot. Ell hi posa tomàquet i burrata, i si troba que l'api no s'hi adiu, el deixa a la nevera, encara que sàpiga que si no el gastem aviat es farà malbé. Jo agafo tot el que trobo. Així veiem la vida, també, ell i jo. Jo tot, i al moment, perquè no sobri res. Ell, només el que s'hi adiu, encara que el que descarta es podreixi.

Sopant està expansiu, i ens explica que ha vist una notícia al diari (ho diu sobretot dirigint-se a la nena). És una notícia d'aquestes curioses que el meu veí posa a les novel·les perquè puguin ser llegides en clau metafòrica. Dos cignes mascles han «adoptat» una ampolla de plàstic i la coven, com si fos el pollet (jo he fet la vinyeta al diari sobre això). La Cristina ho troba edificant. Li agrada que siguin dos cignes mascles. Parla de la natura sàvia.

—Ho veus? A diferència dels humans, que hem de legislar, de demanar-nos permís, de fer allò que està establert, ells no tenen cap problema a fer el que volen —diu. I amb això m'està fent saber que per culpa meva, pels meus compromisos burgesos adquirits, no es pot saltar unes convencions que ell, sens dubte, se saltaria.

Si ho hagués dit la meva filla, n'hauria estat orgullosa, del raonament. Ho diu ella i és avorrit. «Legislar». Quin llenguatge.

Ell no ha llegit tota la notícia sencera, ni ha vist la meva vinyeta publicada a la web del diari (ja no se les mira sempre, com al principi, esclar, quan allò era una novetat). Només n'ha llegit el titular i el subtítol. Algú l'hi deu haver enviat. Si l'hagués llegit sencera hauria vist que al final hi deia que un dels cignes era el dominant i que l'altre estava allà per força. El dominant potser no va trobar femella i va arreplegar aquell desgraciat, que no voldria ser allà mai.

—Cristina, si et fa mandra marxar queda't a dormir —li dic. I tos, tos, tos.

—Ah!

Cap altra notícia li hauria fet més il·lusió.

Ell també ho troba fantàstic. Ja comença a tenir mandra de portar-la. Ella és la meva còpia, però ell és la seva pròpia fotocòpia.

La Cristina, doncs, accepta. Però, això sí, li hauríem de deixar un potet per a les lents de contacte.

Podem? I tant, jo en tinc molts, de potets. Podem. De seguida n'hi vaig a buscar un, a l'armariet, allà on tinc les noves compreses per a les pèrdues que he comprat en una farmàcia de Barcelona, lluny de les meves rutes habituals, més primes. Soc com la protagonista del conte, que anava a les farmàcies a comprar bagatel·les, com ara raspallets per a les ungles, per acabar demanant sempre un flascó de Veronal, que és el que realment volia, per suïcidar-se.

L'endemà al matí d'aquesta primera nit d'ella dormint a casa, quan torno de córrer, a les set, encara són tots al llit. És hora de despertar la nena perquè vagi a l'escola, i a ell i a la Cristina perquè vagin a assajar, que els toca orquestra tot el dia. Els diré que agafin les partitures, sobretot. La nena, una poma per esmorzar, sobretot. Sobretot, sobretot, sobretot.

—Va! —diu una versió alegre de la Gioconda a la filla—. Són les set, eh?

Però l'haig d'ajudar a vestir-se.

—Passa't la pinta tu sola, eh? —li dic. No es vol pentinar i si l'hi faig jo, diu que li faig mal.

La Cristina ve i s'asseu a la taula. Fa els seus ullets adorables de Furby adormit. Dorm molt. No para de dormir. Dorm tant com el meu pare.

—Què vols per esmorzar? —li pregunto. Serà el primer cop que esmorzarem tots quatre.

—Qualsevol cosa, el que tinguis —diu.

Tinguis, tinguis, ara no dius «tingueu», eh? En la seva fantasia suposo que la vida domèstica a la qual el meu home està condemnat és culpa meva, desig meu (té raó). Aquella caseta per als protagonistes de *No surprises*, que no s'adiu amb nosaltres, que lliguem més amb un pis modernista de l'Eixample de Barcelona, és culpa meva. Vaig ser jo qui la vaig voler, gràcies al veí. Si no fos per mi, ell no pagaria mitja hipoteca amb les classes de violí i el sou de l'orquestra, ni aixafaria mai verdura; seria músic ambulant i dormiria en un carro des d'on cada nit veuria les estrelles de la nit zíngara.

—Una torrada com jo, cereals com la nena, res com l'Òscar?

—Res?

Encara no ho sap, perquè encara no hi ha dormit ni s'hi ha despertat.

—Ell, més tard.

—No pren ni un cafè?

Em complau menopàusicament pensar que dirà la frase: «Jo, en canvi, fins que no prenc cafè no soc persona».

—No li va bé per la panxa.

I aclareixo:

—El fa anar de cagarrines.

Se'm mira, compungida. Entén que ho faig contra ell, això. I que és un error meu, perquè ella no tindrà en compte que ell té cagarrines, sinó que jo ho he esbombat, per ridiculitzar-lo. Però no és veritat. Per a la nena i per a mi, sense ella, les cagarrines fan riure. És amb els forasters, que es converteixen en una maldat meva. És ella qui ha alterat el significat de les cagarrines.

—Doncs cereals! —exclama.

Ho diu amb il·lusió falsa. Es veu obligada tota l'estona a mostrar interès i fascinació per qualsevol cosa. Tota la fascinació que no has sentit quan tocava sentir-la a l'època infantil. És d'aquests joves que demostren molta il·lusió per les galetes, la crema de cacau i els dibuixos animats. La meva filla, en canvi, no mostra interès per res. La Cristina veuria volar una mosca i exclamaria: «Oh!». La nena veuria aterrar un ovni i faria: «Hum...». Totes dues fan un paper, però se l'acaben creient.

—Està bé. La xocolata és l'única droga que ara ens podem permetre —faig.

Ho dic per treure el tema de les drogues. Fa dies que l'aranya que soc busca el moment.

—Sí.

Penso que deu fumar algun porro, de tant en tant, però res més.

—Aquesta i l'alcohol. La resta, adeu, ara ja —afegeixo.

Ella em mira i mou el cap, no sap què contestar. Com hem dit, no beu, que s'emborratxa de seguida.

—Tothom té una droga que li agrada més que les altres i que no pot controlar. A l'Òscar, abans, li agradava l'èxtasi —dic—, i sempre diu que un dia li agradaria tornar-hi, un sol cop.

No contesta. M'escolta. Em pren per una pirada.

—No l'has provat? És una droga que et deixa molt bé, et fa sentir molt amor i sobretot notes molt la música.

—Sí?

Això li agrada. Li sembla —però això els ho sembla a tots els músics— que no toca amb prou sentiment.

Crido la nena, de nou.

—Angèlica ! Saps quina hora és?

I torno al to dolç.

—Aquesta sí que l'hem de provar un dia, tots tres. Per Sant Jordi a la nit, que farem la festa. Vindràs, eh?

Ell apareix. Semblem una *sitcom*. Ni tan sols una

sèrie. La nostra vida no és comentable a la ràdio per tertulians experts.

—Li deia a la Cristina que un dia hem de provar M, tots tres.

Ell i jo encara en diem «ema», per les sigles MDMA. De cop, ara, recordo la frase en clau que ell li enviava per WhatsApp al camell quan en volia: «¿Tienes miedo?».

—Uf... Jo ja he perdut tots els contactes —diu ell.

—Hi ha maneres —dic—. Els amics de la Gretchen segur que... Per no parlar del Pere, esclar.

Em refereixo al meu primer marit. Ho he dit per observar-ne la reacció, que sempre, sempre, fins ara, havia estat furibunda, quan en parlava. Però ve la nena, escabellada, i ho deixo estar.

—Si de cas esmorzem tots tres en algun lloc. Ja et porto a l'escola, Angèlica, no cal que agafeu el bus tu i la mama —diu ell.

Cares d'il·lusió de totes dues. No estaven còmodes esmorzant amb l'aranya. Sí, sí. Esmorzar en un bar! Tot es queda a mitges, en aquella taula, com a Pompeia. Els cereals que ella havia dit que volia, una tassa de llet al microones, que ja avisava.

Els faig adeu des de la porta blanca, lacada, preciosa, lletgíssima. M'assec a la taula i tota sola xarrupo cafè amb llet (de soja) abans de posar-me a illustrar un conte de rondalles que m'han encarregat. Són dotze dibuixos i els puc decidir. En un dels contes s'hi canta una cançó popular que es diu «La vella»:

A Mallorca n'hi ha una vella (bis)
que té cent cinquanta-un anys,
que la rum, rum, la vella,
que té cent cinquanta-un anys,
que la vella rumbant.
Ella es clenxa i es pentina (bis)
com les nines de quinze anys,
que la rum, rum, la vella,
com les nines de quinze anys,
que la vella rumbant.

Es veu que la vella se'n va a la plaça i treu a ballar un estudiant, i li promet que si la vol, el farà ric. Hem existit sempre, es veu, en diferents versions.

Se'n van. Ell, doncs, desafiarà les cagarrines en un bar, amb coses bones, com Cacaolat, croissants, cafès de màquina amb un cor dibuixat a l'escuma, que la Cristina, com tots els esquerrans, veurà al revés, com una carxofa o un cul.

Corrent penso:

Quan vaig ser gran vaig descobrir, amb sorpresa, que allò que jo li feia al tiet no es feia amb dues mans, sinó amb una de sola. Vaig entendre —no hi havia pensat— que jo ho feia amb dues mans només perquè tenia les mans petites. «Abusos sexuals, au va, mentidera», deia el meu germà. «Mentidera, puta, tapú, t'agrada ser el centre d'atenció, ets una puta, sempre ho seràs, sempre destrossaràs la gent a qui t'acostis», deia. Tenia raó? Fer allò no era diferent que si li hagués canviat els bolquers. Ho haurien considerat abús, m'haurien portat a la prote si només li hagués canviat els bolquers? Per a mi hauria estat molt pitjor. Però no pitjor que netejar els conills. M'haurien portat a la prote per netejar conills? Vaig tenir molta sort. Em van portar a la prote perquè havia fet allò. Tenia raó el meu germà. M'agradava la idea de tot de psicòlegs fent-me fer dibuixos, lluny d'ells, tan marrons.

Al vespre haig d'anar a una taula rodona sobre dones i il·lustració (sempre és una taula rodona sobre dones i il·lustració). Des de fa mesos aC ho tinc apuntat al calendari (un calendari que cada any dibuixem la nena i jo i regalem a tots els de la classe).

Ell m'hi ha d'acompanyar, en cotxe, i després

anem a sopar a un restaurant de tres estrelles que teníem encomanat des de fa molt de temps (aC), com a regal d'aniversari de tots dos. Abans, a ell sempre li agradava acompanyar-me a aquests actes que jo, una mica per impostura, deia que «em feien pal». Ara ja no. Ara no es quedarà a la xerrada, m'esperarà en un bar. Ara, les coses que li agraden de mi són les que ens envolten. Com cuido la nena, que fem el pessebre, que truqui als seus pares per saber com estan, els menús degustació. Els dibuixos que pugui fer després del llibre de les llistes, no, esclar.

—Digue-li a la Cris si vol venir al sopar, també —faig amb un to ple de naturalitat, com una mare expansiva que empeny el fill tímid perquè convidi un company a berenar—. Suposo que no hi haurà cap problema per demanar un cobert de més.

Ell se'm mira, sense la sorpresa escandalitzada que tocaria. La Cristina és a l'habitacioneta de convidats. Jo he dit «Cris» per primera vegada.

—Home... Avui, justament, ens podria fer de cangur —respon ell, com si tot es reduís a la part pràctica.

Vol dir que igualment es queda a dormir.

—Li podríem dir als teus pares que es quedessin amb la nena. Si només és perquè faci de cangur, no ho facis. No ho facis per això, només, si és per això. Convida-la si et fa il·lusió.

—Il·lusió? Però si ho has dit tu! —contesta irritat.

—T'enfades? —Quan s'enfada, jo faig sempre un to molt suau que l'enfada encara més.

La Cristina apareix, segurament atreta per la baralla, i romanceja pel menjador sense taula. No sap on posar-se, ni què fer amb les mans, quan no toca el violí. Això em sembla molt bonic. Provo de no fer cas del to irritat d'ell. Com si res no hagués passat. El que sempre em reclama la nena, quan ens barallem. «Fem com si res no hagués passat». L'ordre de la frase és aquest, amb la doble negació, no el natural «fem com si no hagués passat res».

—Cristina, tu et pots quedar amb l'Angèlica, avui? —li demana ell, emmurriat.

—I tant.

Però s'abat, tot i que de seguida es dirigeix a la nena, que seu a l'escala:

—Ens ho passarem superbé avui. Nit de noies. Pel·li-pizza!

Llavors, ell, sense mirar-la, li diu:

—Saps que la meva dona m'ha preguntat si vindries a sopar amb nosaltres?

La meva dona. Que lleig en aquest moment.

Ella no ho acaba d'entendre. No entén que li deia que pensava demanar al restaurant de tres estrelles que ampliessin la taula i ens cobressin un menú de més i un maridatge de més (ella no en vol saber res, de menús i maridatges).

—Jo encantada d'anar a sopar amb vosaltres. M'encanteu.

Però no ve. Suposo que ell, el meu amor, sap que aquestes activitats sempre estan reservades a l'esposa, que és la gran i la que sap distingir el foie del paté de campanya.

Corrent penso:

El meu avi i un veí, de joves, a la postguerra, van decidir, un dia, que ells també farien estraperlo, com tothom. Van anar a França a comprar mongetes seques. Van estalviar per al bitllet. Tornaven en tren amb el sac als peus. Un policia va entrar al vagó i els va aturar.

—*¿Qué hacen?*

—*Estraperlo…* —van dir ells amb un filet de veu.

I el policia els va requisar el sac.

L'àvia sempre ho explicava rient com una bruixa, com a prova de la ingenuïtat de l'avi. Quin calçasses, que desgraciat, què es pensava? Però a mi em trenca el cor imaginar-los maquinant la gran idea, «anirem a comprar mongetes i les vendrem, les portarem en tren». Els negocis de la família per part de pare, sempre han estat una ruïna. Gabon i l'Ordre de Malta.

Començo a tractar-la com una cangur, a la Cristina. Sisplau, que no vagi a dormir amb el mòbil, que faci els deures... Però llavors me'n desdic. Val més que sigui ell qui es desgasti.

—T'ho explica l'Òscar. Vaig a vestir-me.

Em vesteixo molt més bé del que havia pensat en un principi. M'hauria posat uns texans i una samarreta, però em poso el vestit negre. És elàstic. Ella hi cabria, però semblaria un botifarró. Esclar que semblaria un botifarró orgullós i els homes heterosexuals se la mirarien com un botifarró orgullós, lluent i preciós. Jo soc una pobra i esforçada secallona, i se'm miraria justament tothom, excepte els homes heterosexuals. L'actriu Mae West es veu que va dir que sabia distingir els gais a primer cop d'ull perquè eren els únics que no es giraven als restaurants quan ella entrava. Les dones de la meva edat i condició podem dir-ho al revés. Podem distingir els gais perquè són els únics que es girarien solidàriament, comprenent l'esforç fet i valorant el vestit. La majoria d'heteros no ho farien, perquè no tindrien cap interès a treure'ns-el.

—Estàs maquíssima —diu quan baixo l'escala

(sempre es baixa una escala). I de seguida, de seguida—. Jo segur que cauria d'aquestes sabates... Soc tan *pato*...

En aquell moment, en aquell moment en què es fa la maldestra, com jo hauria fet a la seva edat, entenc que està gelosa. Pobreta jove i altiva substituta. De cop em fa molta pena. Tinc pena per ella, per mi i per Neptú. Per totes les parelles del món que es fan nosa a la cuina. Per tots els marits que ja s'exasperen per les excentricitats de les dones, per totes les dones que ja no riuen pels calçotets llençats al terra de la cambra arrugats en forma de brètzel, per tots els roncs incompresos, per la meva àvia rient salvatgement, per tots els marits que prefereixen masturbació a coit amb l'esposa, per totes les esposes que prefereixen massatge a orgasme.

—Esteu increïbles! —diu la nena referint-se al seu pare i a mi. «Esteu». La vull abraçar per aquest plural.

Des que intueix les meves intencions, la Cristina està desconcertada. Jo soc la seva aranya i no me la vull menjar, la vull embolicar per al rebost del meu hivern paorós.

Dic tres o quatre foteses a la taula rodona que desmunten, del tot, el títol i el subtítol de la xerrada, com pertoca; dibuixo coses en una pissarreta que m'han posat, que fascinen el públic; em faig fotos amb qui m'ho demana; firmo el llibre de les llistes (però cap altre), i marxem, escopetejats, cap al restaurant. Durant el sopar bec molt. Xampany, borgonya, priorat, montsant, porto, gintònic. Tot. M'emborratxo. En aquests restaurants tothom s'emborratxa; no cal que s'esforcin a dir-te el nom dels formatges que et menjaràs abans de les postres. Et podrien donar tofu o sabó. Als formatges, tots borratxos.

Em passo el viatge de tornada amb el cap a la finestra, tossint i lluitant contra la son. La nena diu que de vegades ronco. Ningú no s'ho pensa, d'ell mateix. Però aquest cop, quan ja estem arribant al nostre descampat, m'obligo a iniciar una maniobra sexual al cotxe. (El lubricant i jo ja som millors amics). I ell respon alegre, bromista, sorprès. Ja no és tan natural ni habitual, que jo demostri desig sexual (i menys, al cotxe).

—Però ara quan arribem no t'adormis, eh?

La Cristina ens obre la porta i als ulls ens hi veu l'alegria del flirteig. Ho faig exclusivament per ella. Si no hi fos, em faria mandra. Ell es deixa estimar, alliè als vidres trencats que va deixant al seu pas, com aquest personatge dels tebeos dels anys seixanta —Rompetechos, es deia— que era miop i anava provocant desastres sense saber-ho (compro i venc primeres edicions de tebeos, per treure'm un sobresou).

—Gràcies, Cristina —dic, entre estossecs. De cop ha passat a ser algú menys misteriós—. S'ha portat bé?

—Molt! Som molt amigues. Fins i tot tenim els nostres secretets!

Ho fa per agradar-li a ell. Sap que sense aquest requisit no hi té res a fer. La nena és la que ha d'acceptar-la, no jo. Qualsevol aspirant a amant que intenti ser més important per a un pare que la seva filla ho perdrà tot.

Anem a dalt. Ara haig d'iniciar la maniobra sexual insinuada i promesa. Haig de ser jo. Després de l'últim cop ell no sap què fer. Al lavabo, després de fer fonedissa la compresa, em miro aquell tub, i el destapo. Cap olor, esclar, per si de cas. Però penso (i ric) que potser a ell, que és tan sensible d'estómac, llepar-lo li causarà diarrea o alguna intolerància, com si hagués anat a un restaurant de cuina avantguardista.

Ens despullem, cadascú a ell mateix, sense l'avidesa d'aquells anys primers (quan la roba acabava per terra), però amb la confiança de saber —sense cap dubte— què hem de fer l'un per l'altre. Em fa un petó ensalivat i tan sincer que, llavors sí, em deixo anar i m'hi arrapo; vull que se'm posi a sobre i que m'aixafi; envoltar-li el pneumàtic amb les cames. Les seves dues mans planes m'agafen les galtes i els llavis se'm deformen com si fos una gàrgola. En aquell moment el vull. M'agafa dolçament pels cabells, l'estereotip pornogràfic. Llavors penso en una altra cosa de senyora. Se li quedaran els dits enganxifosos, perquè, Déu meu, com que em passa una cosa de senyora, que els cabells se m'esclarissen, m'he posat una cosa de senyora: laca.

L'endemà al vespre, vinc de Barcelona, de dibuixar la vinyeta al diari i em trobo una nota a sobre del piano. «No obris la porta de sota». Tos, tos. «Sota» vol dir el soterrani. És perquè el soroll es podria escolar. M'ho hauria pogut enviar per WhatsApp i s'hauria assegurat que ho veia, però deixar una nota en un paper, escrita a mà, em sembla que és un pas més que els converteix a tots dos en tots dos. Com els nens quan es tanquen a la cambra i també escriuen «No es pot passar», sobretot perquè els adults sàpiguen que estan exclosos del seu món infantil, no pas perquè facin res gaire secret. Faig cas de la nota; no faig soroll, peixo la gossa, m'obro una ampolla de bombolles (ja arribo a una ampolla diària, des que la Cristina hi és, però no n'hi podem donar tota la culpa) i faig temps per anar a buscar la nena a l'extraescolar de teatre. Des del matí que espero aquest moment: anar a buscar la nena.

Però truquen al fix, i no és la meva sogra, que és l'única que truca al fix. «Digui?» És el director de l'orquestra: s'ha mort l'Hilari.

Ni tan sols ara que s'ha mort en diu el nom. Hilari és el cognom. És «l'Hilari».

A la pàgina web de l'orquestra hi ha una foto creativa, en blanc i negre, de cada músic amb l'instrument. Alguna de les noies mira pel tub de la flauta com si fos una ullera de llarga vista, una altra la fa servir de bastó, per exemple. Són indicacions que els va donar la fotògrafa: no volien una pàgina web gaire formal. El meu amor té el violí a sota de la barbeta i fa una ganyota divertida com de còmic de cinema mut. L'Hilari és l'únic que seu amb el violí agafat a la mà, amb posat seriós, sense fer broma. No va voler fer-ne de cap manera. I ja s'ha mort.

Baixo al soterrani, pico a la porta, no em senten; pico més fort, no em senten. Tinc una notícia important, que no em sentin em provoca una agradable i híbrida agitació de crua intensitat. Crido i pico. Tinc ganes de donar la notícia. Tinc ganes de, quan finalment em sentin, veure la cara d'ell, enfadada, titllant-me prematurament d'histèrica, què vol ara aquesta, sap que no pot interrompre o el soroll s'escola a la gravació? Convertint-me en allò que li va bé.

—Què!

Quin plaer menopàusic. La cara. La cara que m'he imaginat és la que veig. Avui s'ha retallat una mica els pèls de la llarga barba —ho fa de tant en tant— i fa olor de Floïd. Em ve un fogot. Els fogots, al contrari del que diuen les altres menopàusiques als vídeos de YouTube, m'agraden. Em puja la temperatura de cop, em baixa la pressió, suor a tots els porus en un instant. Un plaer semblant al de desmaiar-se. De córrer molt al límit, sospirant, a quatre, al final de la cursa veient la meta —el *xurro*, en diuen— allà al fons pensant que no pots més.

—Òscar, s'ha mort l'Hilari.

Amb enteresa. Per damunt del «què».

—Oh... —fa ell.

No vull veure cap matís en la seva sorpresa, cap mitja pena, cap culpa abstracta per un sentiment encara no nascut, però present cap a la Cristina, propiciat pel càncer de pulmó de l'Hilari; no vull veure-hi tampoc una mitja alegria, un «ja li tocava», aquella resignació activa, tramposa i possibilista que conec tan bé d'ell, com quan juguem al Risk i li matem un soldadet. Però llavors veig que acota el cap. De cop, la pena. Li fa molta pena, perquè l'ha criticat. Sanglota. Pobre amor meu, tan poc donat a l'expansió, tan burleta amb el sentimentalisme, com sanglota. Com sacseja el cos, quina manera tan antinatural de plorar, perquè no hi està acostumat, com jo, que ja hem dit que ploro per tot.

—Tantes bromes que en feia —gemega.

La Cristina, palplantada, s'abraça al violí i acota el cap. El violí és com el seu peluix, com la carpeta que et tapa els pits a l'institut.

Pobre. Pobre. Pobre amor meu que se sent culpable. Haurem d'anar a l'enterrament i la Cristina serà la substituta oficial. No hi haurà concert, aquesta setmana, com a mostra de dol (cosa que vol dir encara més assaigs). L'altra, ja sí, després del nostre aniversari. «Ell ho hauria volgut». El lloc perfecte per a la tos que no m'abandona serà la platea del teatre veient com comparteixen faristol, i ja mai més no farem la broma dels *clochards*.

El senyor Hilari, després d'un concert de la Mercè, va elogiar uns texans que jo duia i, amb aquelles mans tan desproporcionadament grosses, com un cep, em va fer un gest de comèdia de l'art per indicar-me que vingués, que em diria un secret. Ell era el Pantalone i jo, la Colombina (la vella de Mallorca fent de Colombina). El vaig seguir cap a un passadís. Llavors em va dir que era —va fer veure que buscava la paraula— fetitxista de texans. Jo primer em pensava que exagerava. Això que fa la gent, que diu que és «addicta a la xocolata» per dir que li agrada la xocolata o que «té Alzheimer» per dir que té mala memòria. Però llavors va afegir que se'n mirava pàgines web, que no ho podia resistir, i que de vegades, quan pel carrer en veia, els feia fotos d'estranquis i que algun cop l'havien increpat per vell brut. En coneixia les marques, tenia opinions sobre si havien de ser baixos o alts de cintura, de pota d'elefant o estrets, i n'endevinava les talles. Li semblaven terribles els que duien estampats. Aquells, els meus, li agradaven molt. Va dir la paraula *jeanssetting* i ja vaig entendre que allò era seriós. Després d'aquell secret (el meu amor no ho va saber mai) vaig anar a veure'ls tocar a l'Auditori de Sant Cugat amb uns texans grisos i esparracats, de firma, i ell m'ho va agrair amb un gest de boca tan tremolós i amb uns ulls tan molls que em va semblar que aquella dèria li dominava els dies. «Aquests són nous», li deia, de tant en tant, quan ens trobàvem. I ell sempre responia: «Deliciosos, gràcies benvolguda». I em feia un petó a la mà i, llavors, em demanava de fer-me una foto. La seva educació versallesca, per alguna raó, em feia suposar que pertanyia a algun club sexual. Que li agradava fer de gosset per a una mestressa que només anava vestida amb texans i tanga, a qui, un cop enllestit el servei, pagava i donava les gràcies d'aquella manera. «Benvolguda».

Per anar a l'enterrament (*enterro*, diem) me'n poso uns de nous, dels que vaig comprar a l'*outlet* aquell dia per anar-lo a veure a l'hospital, i una samarreta negra, de firma, que serveix per a tot, però dubto de si posar-me talons o vambes. Tothom hi pensa, en la roba per a un enterrament, en el que significa, i només pensar en això, en quina roba t'hauries de posar, o sobretot, no posar, ja et sents viu, intranscendent, culpable i embriac. Vambes, no fos cas. La nena es quedarà amb la Cristina, no és oportú que la mare del mort vegi la substituta.

Corrent penso:

La paraula *benvolguda* m'agrada molt. He estat una dona benvolguda fins ara. M'agraden els que m'ho diuen o m'ho han dit, com l'Hilari. En castellà tenen *malquerida*, però *bienquerida* no. *Bienamada*, sí. Si escrius «benvolguda» al Google Translate en francès et dona «chère», però si ho escrius separat, «ben volguda», et dona «bien aimée». En alemany passa el mateix. Et dona «liebes» si ho escrius junt, i et dona «sehr beliebt» si ho escrius separat. En basc, «maitea» i «hondo maitea». En canvi, en anglès, et dona «dear» sempre.

Ens rep un nebot. Duu una samarreta d'un festival de pallassos, i ja entenc que se l'ha posat per demostrar, doncs, que per a ell la roba negra no significa més amor o respecte. Me l'imagino votant esquerres i fent feina pel barri on viu.

—Gràcies per haver vingut —diu—. Sobretot a tu, Òscar.

No sap que, a casa, l'Òscar va fer bromes cruels de la manera —massa acadèmica i rovellada— de tocar del seu tiet, que menyspreava el fet que l'home mai no s'endugués el violí, sinó que el deixés allà, al teatre, tancat a la seva gàbia, perquè no assajaria a casa. No sap que fa un moment ha fet broma amb un altre violinista sobre els objectes que hi tenia, a la gàbia: una petaca; moltes restes de menjar, com ara brics de caldo; llustre per a les sabates; una edició de butxaca de *Joana d'Arc*... No sap que la seva mort ha desencadenat el meu destí, burgès, benigne, però tristíssim. No sap que un dia, el senyor Hilari, l'Hilari, em va dir que jo era la dona que ell hauria volgut. I que m'ho va dir amb tanta naturalitat que vaig fer com la meva mare amb la sabatilla i vaig dir: «Au, va!», i que em va agradar, tot i que em feia gràcia pensar que «era la dona que hauria volgut» perquè potser m'imaginava anant amb ell a intercanvis de parelles o a festes sadomaso sense queixar-me gaire. Suposo que era això. Que li agradava per la idea d'atreviment —falsa— que desprenc.

—Va deixar escrita una cosa per a tu —li diu—. Després te la donaré.

—Ah, sí?

Una carta, potser bromista, potser demanant-li perdó per les baralles, potser dient-li, per primer cop, que li semblava molt bon músic. Per aquí i per allà hi ha gent de l'orquestra. Tots em saluden —consideren que, de les parelles, jo soc la que més s'emociona quan els va a veure i no fallo mai— amb un somriure de llavis premuts. La mare del mort s'està aclofada en un sofà de la sala de vetlles. Tot disposat. S'ha pintat els llavis (jo no m'hauria volgut ni vestir si se'm morissin ell o la nena).

—Senyora Hilari —li dic. I li agafo la mà.

—Qui és, aquesta? —pregunta ella amb agressivitat—. No la conec. Qui és aquesta, què vol?

Se m'omplen els ulls de llàgrimes i no les puc aturar. El poc tacte de la dona —abandonada qualsevol convenció social, excepte aquells llavis que s'ha pintat, perquè ja no sap no fer-ho— dient que no em coneix em desencadena el devessall. Que estrany que és, plorar. No és per l'Hilari; és la litúrgia, és pena en abstracte. Entenc que em podrien llogar de ploranera, com feien els egipcis, perquè el meu problema principal és que no regulo bé l'empatia. O gens o massa. Ploraria a qualsevol enterrament amb la mateixa sinceritat. Ploro per mi, també. Ho aprofito. Quina pena que em faig, amb els meus texans i el meu lubricant. Ploro perquè em van tallar els cabells quan es va morir la mare, ploro pel tiet Eusebi escrivint la carta a la tia marrana, ploro perquè no ploraré pel meu pare, ploro perquè el meu amor ja m'està substituint, ploro pels dos *clochards*, per la nostra casa que he hagut de veure amb els ulls de la Cristina per entendre que és lletgíssima, per la meva filla, que no haurà de triar, com la Kauffmann, entre música i pintura, perquè el que ha heretat és, potser i només, les meves ganes de cuidar. I també ploro i ric per la Kauffmann, pobra, que es va casar amb un bígam. Llavors, de riure, tusso, i la resta. Tota l'aigua bruta del meu cos, que surt, s'escampa fent pudor, tacant-ho tot.

—Hi haurà un dia en què el sol s'apagarà, oi? —em pregunta la nena quan arribem a casa.

—Sí —li dic.

—Falta molt?

—No...! Tres o quatre dies.

Riu. Ella vol que passi ràpid el trasbals de la mort del senyor Hilari. Vol seguir amb la vida, amb nosaltres dues al vàter, amb la normalitat. Els nens ho fan, això. Ella encara és una nena. No vol veure el seu pare d'aquesta manera.

Corrent penso:

Ara que ja no tinc la regla, mesuro el temps cada tres setmanes. Cada tres setmanes les arrels blanques dels meus cabells ja es veuen molt i m'haig de tenyir. Però ara no ho vull fer. A ell li he dit:

—Em sembla que no em tenyiré.

No li agrada. A ell li agrada la meva melena rossenca.

—Semblaràs lesbiana.

—Potser.

—La Cristina vol canviar de pis —em diu—. A la nit no pot assajar, pels veïns, pobra tia.

Jo només puc pensar en el moment en què ella l'hi ha explicat. On? En un bar, al matí, prenent el cafè que li desguitarrarà la panxa? Per telèfon? Fa dies que en parlen? En els descansos dels assaigs?

Hi mostro interès. Més del que tocaria, esclar. Exagero el mal que em fa que la pobra tia no pugui assajar a la nit.

—Digue-li que vingui a viure a casa un temps si no troba pis. Total...

Què hauria dit ell si en lloc de ser la Cristina fos la seva mare o un amic meu? Que no, que no volia perdre intimitat.

—Potser sí, pobra tia.

—Sí, pobra tia. Esclar, home. Si, total, treballeu cada dia aquí.

Aranya dolenta.

Es trasllada divendres a la tarda. Ell la va a buscar (i així l'ajuda amb les maletes i els embalums) i després em venen a buscar a mi, a la plaça de l'església lletja de sempre.

aC ell i jo fèiem broma sobre el nom de la plaça. Sant Gregori Taumaturg. No és «Taumaturg Sant Gregori», com «Taquígraf Serra» o «Pintor Fortuny», perquè potser el «sant» allà enmig no queda bé, però llavors trobo que hi falta una coma. La nostra broma era dir-ne «dramaturg». Sant Gregori escrivint teatre. No n'hem tornat a fer cap, de broma. Al déu marí li fa vergonya fer bromes privades davant d'ella, i, sobretot, li fa vergonya que no les entengui. Segurament ella no deu saber què vol dir *taumaturg*, ni deu tenir interès a esbrinar-ho, perquè té tota la vida al davant.

—Gràcies, eh? —em diu quan pujo al cotxe. Són unes gràcies diferents de les d'ell. Ell l'hi deu, jo ho accepto.

No fa el gest de baixar del seient d'esposa, aquest cop. No cal.

—De res! —dic amb molta alegria. Amb el to de «no es mereixen». Si demostro por, pensarà que em pot fer por.

—Avui, si voleu, us faig un sopar bo —diu ell. Està content.

I un cop a l'autopista veig que la Cristina treu una targeta per pagar el peatge. Esclar, ho haurà fet totes les vegades que tornen d'assajar, puntual, eficaç, amb els ovaris funcionant a tota màquina.

—Home! Increïble! —diu ell en broma—. Ella no se'n recorda mai.

L'hi diu a la jove, no a mi. «Ella» no se'n recorda mai. Aquesta sentència és la que certifica que no envellirem junts i sols, que no ens farem petons a les arrugues, que nosaltres tampoc, tampoc no serem els vells que tots els enamorats es prometen que seran. Poso el cap al vidre i em deixo endur per la vibració, que m'arriba a les dents i als colzes.

La copa de Pitàgores és una invenció de Pitàgores de Samos. La venen a moltes botigues de *souvenirs* a Grècia. Durant les obres d'abastiment d'aigües de Samos, l'any 530 abans de Crist, no de Cris, va regular el consum de vi entre els treballadors amb aquesta copa, la «copa justa». Al centre hi té un cilindre, que puja, des del cul («sap què vull dir, un cul?»), torna a baixar i comunica, per l'altra banda, amb l'interior de la copa. Pel principi dels vasos comunicants, si omples la copa fins a una mida determinada, el vi, tot i el forat, es queda allà a dins i te'l pots beure. Si ets cobdiciós i l'omples més del compte, s'escola i ho perds tot.

—Cristina, te'n recordes, eh, de la festa de Sant Jordi? —dic.

—Ah, la festa... —mormola ell.

—Ah, sí... —fa ella.

Corrent penso:

Un dia, quan encara no havia fet el llibre de les llistes, i tenia tot el prestigi pictòric intacte, en una taula rodona («El treball de les dones dibuixants» o «Dibuix i dones») una crítica literària que també hi estava convidada em va veure el telèfon mòbil, allà al damunt. Les organitzadores ens havien preparat tot de butaques i palets i caixes de fruita que feien de taules, i al damunt copes de vi (era tendre veure que poc que bevien totes les ponents). Tot per fer-ho acollidor.

—Tens la foto d'un gatet de salvapantalles? —em va preguntar tota capciosa—. No et feia així, no et feia amiga dels gatets i aquestes coses...

«Aquestes coses». Ho va dir en un to fiscal sorneguer, sorpresa, escandalitzada, ulls molt oberts, «no m'ho puc creure, com pot ser que aquesta, que té fama de borratxa, la que dibuixa aquestes brutícies, sigui amiga de les fotos de gatets»?

—Ah! —vaig fer jo—. És que me l'ha posat la meva filla. Jo no sé ni com es fa.

Aquella frase era la meva felicitat. La meva felicitat completa. Llavors cap Cristina m'amenaçava i jo podia viure «en família», aliena al món sencer, sense saber com es posaven les fotos al mòbil. El costum, la rutina, la gàbia del matrimoni, totes les coses que critiquen les cançons, tenir gos, anar a Ikea, fer llistes de la compra, a mi em feien ballar sola. Era jo, era jo la que adorava el Nadal! M'havia passat com als músics heavys, que, després de destrossar habitacions d'hotel i veure algun company ofegar-se en els propis i tradicionals vòmits, tenen un fill. I llavors l'apunten a una escola religiosa, li fan menjar verdures de quilòmetre zero i li prohibeixen els pírcings i els desodorants amb parabens. Ella també ho va veure. Jo no triava el salvapantalles; ella sí, ella el triava molt, perquè odiava el Nadal i anar a Ikea, i tenir gos i fills, perquè el salvapantalles, com la foto de perfil, la definien, però a mi m'eren igual, no perdia el temps en salvapantalles, ni fotos de perfil; me'ls posava la meva filla, que era el que m'importava. Ella em va envejar perquè no triava el salvapantalles; jo la vaig menysprear, perquè triava el salvapantalles. Totes dues vivíem instal·lades en el costumisme. Ella, però, el negava sense saber-ho. I jo, en canvi, el venerava sense saber-ho.

Per sopar ens fa una torrada amb caviar de salmó (quan el va comprar? On el tenia?) i ens la dona mentre esperem el plat principal, totes tres assegudes a la mena de barra que comunica la cuina amb el menjador sense taula (assegudes per ordre d'edat descendent), i ens obre vi blanc, i agafa les copes adients, les de vi blanc, i abans de servir-lo les ensuma per si fan olor de resclosit o de rentaplats, i en acabat, com que es veu que sí que en fan, les sacseja com si fossin turíbuls fumejants d'encens. Sempre ho fa, és un gest que també podria enyorar molt, com el del violí al coll, com el de fer-se una cua sense mirar, amb els cabells llargs del color del parquet; com el de gratar-se l'engonal, que, en realitat, m'agrada tant i que tantes esposes, esclar, critiquen.

Llavors comença a preparar-nos una hamburguesa feta a casa, amb pa, enciam, formatge, mostassa bona. No és res i és una meravella. Sempre té el congelador ple de menjar que li serveix de base per fer plats. Sap fer les coses. També li sembla artístic cuinar. Tira la mostassa fent ziga-zagues, a mi no se m'hauria acudit. Suposo que si s'hagués de posar lubricant al penis (si jo m'atrevís a dir-li que m'ajudaria molt que ho fes), també ho faria així. A ziga-zagues. I després l'acabaria emplatant per servir-me'l.

La Cristina menja com una jove. Com jo a la seva edat, suposo. És d'aquestes dones que en el primer en què es fixen de la taula (si no és que hi ha pastís, que llavors es fixen en el pastís) és en l'espelma. Si han de cuinar per a un amant, faran amanides de brots amb nous i llavors, pollastre ecològic al cava i una tulipa de galeta amb gelat artesà (no m'atreveixo a dir si ell, ara, això ja ho toleraria). La nostra filla faria el mateix, si no fos perquè nosaltres li hem entaforat (el verb és exacte) el gust per la cuina. Me la miro menjar, per primer cop quotidianament, amb la gana de cada dia. Deu tenir el cos lletós i suau, sense gens de músculs, i ràpidament es deu abandonar al plaer, i, en acabat, es deu embolicar amb llençols que faran graciosos plecs barrocs. El que és sorprenent és que aquest cos tan melós, tan aparentment cuinat a baixa temperatura, tan poc actiu, sigui el d'una violinista. El d'algú capaç de fer el que fa amb un violí. El d'algú que ha tingut aquesta determinació antinatural.

Li cedim oficialment l'habitació dels convidats, on hi ha un llitet infantil que mai ha fet servir ningú (qui es voldria quedar a dormir aquí?) i la post de planxar. La nena li posa un caramel al coixí, que és el que ha vist fer als hotels barats quan son pare va de gira. Aviat deixarà roba al nostre cossi (ara on el posarem, el cossi?), primer amb prudència (les calces tacades de la regla, què n'ha de fer?). No és que no em sembli bonica; és que em sembla com bruta o deixada. Les sabates ratades, deformades, amb la punta cap amunt, com les d'un pallasso; els botons tan fluixos de l'abric. Li diria que es vestís millor. L'hi acabaré dient. Això és el que fan les sogres amb les nores, perquè siguin dignes del seu fill. Això és el que fan les... No ho puc dir encara.

Corrent recordo:

Abans d'aparellar-se amb mi jo li veia totes les qualitats. Quan va aparellar-se amb mi, quan es va enamorar, vaig comprendre que no les tenia. Per què, si no, s'havia aparellat amb mi? Algú que tingués qualitats de veritat no podria voler-me a mi. Vaig pensar això tan malalt.

L'endemà, ella ja viu allà i ell ens fa escarola i truita per sopar. Un sopar domèstic. Aquesta escarola que en diuen «perruqueta». Quatre truites: una per a la nena, de formatge; una per a mi, francesa; una per a ell, de formatge i pernil dolç, i una per a la Cristina, també de formatge i pernil dolç (el copia sempre). Bevem aigua, però a la taula també hi tenim una ampolla de vi oberta del dia abans. Ja no destapem res especial. Jo li dic a la nena «Agafa verd», a ell que li posi verd a la Cristina; s'ha de menjar verd, va bé per a la panxa, Angèlica, ja saps què vull dir. La nena i ell estan contents; davant d'ella poden exhibir-se, en això s'assemblen. Ell parla de música (amb nosaltres ja ho ha dit tot) i la nena, de l'escola. És per això que de vegades les parelles necessiten desesperadament anar amb altres parelles i es mig enamoren (o s'enamorisquen) d'aquestes altres parelles. Per poder tornar a dir el que ja no diuen quan es queden sols. Per aquell moment en què dius només coses que fas, però no coses que penses, opines, trobes, consideres, t'agraden. Per estar amb algú a qui no fas ràbia, per estar amb algú que et pregunta què has fet avui.

—La Cristina m'ha proposat que mentre visqui amb nosaltres ens pot fer d'*au-pair* per contribuir, anar a buscar la nena, portar-la al col·le, a la logopeda... —diu ell, mastegant un tros de truita, dolçament abandonat a parlar amb la boca plena (sí, sí, jo puc aguantar aquestes coses, puc aguantar tota la vulgaritat dels que estimo, la desitjo, fa que em siguin més meus).

Me'ls miro a tots tres. Ells se'm miren a mi. Ja n'han parlat, d'això de fer d'*au-pair*. Els sembla a tots tres molt bé i em volen convèncer. Soc jo qui porta la nena a l'escola en autobús als matins (que bonic, aquell recorregut; tantes parades, els mateixos parroquians cada dia, el conductor, que sabem com es diu...). Però ara a la nena també li agradarà més que la porti la Cristina amb el seu cotxe, tan nou (un utilitari petitet i net) amb un Elvis penjat del retrovisor. Adeu, dimecres unilateralment feliços tornant d'extraescolars.

—Ah, perfecte —dic. I tusso.

—Així tu pots dibuixar, mama —diu la nena. L'hi han fet dir.

—Ja ho anirem veient... —dic jo. I més tos.

Es miren. Preveien aquesta reacció.

La Cristina recull els plats i els buida al cubell de l'orgànica (que ja sap on és i on ha comprovat que, de vegades, hi van a parar llaunes mig plenes i altres il·legalitats). Jo, aquest cop, em puc quedar asseguda a la taula. Ell treu un bol de la nevera amb iogurt.

—Hi ha pell de llimona ratllada per sobre —anuncia.

—Va, Angèlica, ves a buscar bols —dic jo.

Jo hauria tret els quatre iogurts de la nevera, no hauria pensat a posar-los junts i ratllar-hi pell de llimona per sobre. Com se li poden acudir coses tan boniques?

—Per què sempre tot ho haig de fer jo? —es queixa la nena.

—Sí? De veritat? Ho has de fer tot tu? —la renya ell.

—Va, no us enfadeu... —fa la Cristina.

Però la rèplica era meva. Ja me l'ha robat.

L'endemà. Una estació més. Fa un dia que és la nostra *au-pair*. Arribo del diari i la gossa no em surt a rebre. No ha passat mai, això.

Quan entro al menjador, ho entenc: ells (ells: la Cristina, Neptú i la nena) l'han deixat seure al sofà. aC estava prohibidíssim. Es miren el programa d'humor polític de la tarda. A terra, damunt de la catifa, les sabates de tots tres.

—No podríeu deixar les sabates al seu lloc? —pregunto irritada. I afegeixo una frase que solia dir amb intencions iròniques, però ja no ho és, d'irònica, perquè l'he fet servir massa vegades. Ja és un clixé. Dic—: Hi ha d'haver aquesta exposició itinerant de sabates?

Tots tres riuen, però no per la frase, sinó perquè s'ho han enraonat. Ho havien previst, que jo diria això que he dit. Ho dic sempre, però és el primer cop que em refereixo a tres parells de sabates i és el primer cop que es miren significativament tres parells d'ulls. Quatre, si comptem la gossa, curada, de sobte, de l'hipervincle. Em ve un accés de tos.

—Va, no t'enfadis —diu ell—. I fes-te mirar aquesta tos...

—Va, mama... —diu la nena.

—No, si té raó ella... —diu la Cristina, com una nereida conciliadora.

Però encara se'ls escapa el riure. Suor de fogot, tos (que m'hauria de fer mirar). El meu cos s'entesta tothora a delatar-me.

—Vaig a posar-me el pijama —dic.

—Va, sí —diu ell. Que vol dir: «Nosaltres també». La gossa baixa del sofà i, llavors sí, em segueix.

I ja apareixem tots quatre en pijama. I hi ha una diferència, esclar, entre aquests pijames (jo ja no em poso *leggins*). Els nostres, deixats, aprofitats. El d'ella, nou de trinca, apte per a una propietària adorable. És un pijama de pingüins (pijamet de pingüinets), ben dibuixats, s'ha de reconèixer, com de cos sencer (que li deu fer massa calor, que no s'hauria posat si visqués sola, si fes anys que visqués amb nosaltres). A la nena de seguida li agrada («Oh! Que cuqui!») i la Cristina, també de seguida, li promet que n'hi comprarà un (si a mi no em sembla pas malament, esclar), que és de l'H&M. Tots quatre portem peücs. No fa temps de peücs, però tampoc en fa de treure-se'ls, encara. Ens asseiem al sofà, aquest cop tots quatre. Ell, a la punta dreta, jo a l'esquerra, la nena al meu costat, la Cristina al costat d'ell. Hi cabem bé. Llavors ell agafa una manta que tenim, de rens, que ens va regalar la meva cunyada. Tot i que no fa fred ens tapa a tots quatre.

—Estic fluixíssima —diu la Gretchen quan arribem a dalt de la muntanya, que hem pujat corrent en silenci, excepte pels meus gemecs. Ja es fa de dia. Si mirem directament el sol, que surt per darrere de la muntanya, després veurem llumetes carbasses i roses.

Dic la frase que sempre diem:

—Però ja veuràs després que bé que estarem.

En Dani i la Francina ja fa un minut que han arribat a dalt i corren en cercles, per no refredar-se.

—Beveu aigua, que si teniu sensació de set ja és tard —diu ell, com sempre, perquè sempre ho diu.

Bevem més que res per descansar. La Gretchen toca la fita de dalt de la muntanya.

—Va! Toqueu-la o no val.

Ho fem rient de la manera desmenjada i científica que ens pertoca. Ens fem una foto.

—Tots lletjos menys la Gretchen —es queixa la Francina.

És la veritat. No pot fer més cara de saludable, tan rossa i bonica «com una *infuencer*» (aquesta és la broma que li fem), amb el seu únic pit, que sempre mostra, i la cicatriu de l'altre, que tots adorem, i que li fa un aspecte de sacerdotessa del temple de Delfos, amb poders endevinatoris. Sense voler, perquè estic segura que no ho ha pensat, s'ha tornat tota ella asimètrica, per acompanyar aquell únic pit. S'ha tallat els cabells curts d'un cantó, però se'ls ha deixat llargs de l'altre. Duu moltes polseres en un canell, amb el rellotge de córrer, però res a l'altre. Quan corre, prona d'un sol peu: el dret.

—L'okupa se n'anirà a viure a Itàlia —ens diu, mentre li torna el bidonet a en Dani. Tots tres li diem «l'okupa», al seu amant.

—Ostres... —faig.

—No! Ja n'estava una mica tipa —respon—. I el meu marit sospita.

—N'estaves tipa, sí? —pregunta en Dani.

A ell li costa sempre deixar d'anar al llit amb les senyores (suposo que totes amigues del lubricant). No ho sap fer.

—Podria ser la seva mare, però si fos la seva mare, el renyaria per anar sempre sense samarreta —riu ella.

Comencem a trotar de nou.

—I tu, què? —em pregunta. Fa dies que em veu diferent.

Tots tres tenen la idea que el meu matrimoni és feliç. No és mentida. Però també saben que sempre depèn de mi. De vegades la Gretchen ens parla de la seva filla gran, la que va néixer a Alemanya. De com la decep. «No em fa petons, em diu que tinc el cul gros, quan feia químio deia que li feia vergonya i que feia pudor, escriu coses lletges de mi al seu diari». Es pensa que la meva m'estima amb bogeria. No és mentida, tampoc. A ella, la seva filla gran i la mitjana la decebran a poc a poc. A mi, la meva única filla em decebrà d'un dia per l'altre, de cop. El dia abans haurem estat rient al lavabo en harmonia domèstica. Però no és ella. Soc jo. Fingeixo davant de mi mateixa que el vaixell no s'ensorra fins que tinc l'aigua al coll. I llavors dic: «Ens ofeguem! Hem de saltar!».

—Jo, bé, bé —dic.

Des de la seva malaltia la Gretchen es fa revisions cada sis mesos. Sempre fa vergonya explicar-li foteses, si tenim en compte això: que ella ha vist la mort de prop i que cada sis mesos passa examen. Quan va estar malalta va fer molta broma sobre tot el que fan els corredors si se'ls en va un amic: ens va demanar que ens féssim samarretes amb lemes lacrimògens, exhibicionistes i cursis, com ara «Sempre serem quatre», però que no poden ser més veritat.

—Ja tens el vestit per tocar? —li pregunto a la Cristina.

—No, encara no. M'han dit que ha de ser negre. No en tinc cap de negre... Jo soc més acolorida...

Li podria dir que li deixo el meu, però, com ja hem dit, semblaria un botifarró.

Ah, doncs a l'Òscar li agraden molt els vestits negres —dic com de passada.

—No li agraden molt els pantalons? —pregunta ella.

No ho ha pogut evitar. Jo sempre en duc.

—Els pantalons m'agraden a mi. Ell els troba tots iguals.

—Jo també.

«Jo també». Esclar, penso. Per això el senyor Hilari no t'hauria ni mirat.

—Vols que anem a comprar roba un dia que li agradi a l'Òscar i que et serveixi per a l'estrena? —li pregunto.

No havia dit mai una frase tan explícita. Tan consentidora. Sense cap coma. L'«un dia» l'he plantificat allà enmig, per amagar la concreció perversa: dolor per a mi, dolor per a ella. La frase ha anat pujant d'octava fins a arribar molt amunt. En part és per l'«un dia», com la cirera o la gamba que et posen enmig del gaspatxo dels restaurants moderns. La domesticada excentricitat necessària. L'excusa.

—Ah. Sí. Tu en saps, d'això.

Ho diu, però dubta.

—Doncs si vols, ja ho saps. Tu només digue'm dia.

Per què he dit «dia» i no «el dia»? Per fer-ho més laboral que ociós. «Digue'm dia». «Digue'm dia per entregar el dibuix, però digue'm un dia per anar a fer una copa». Sense el determinant sona més a feina, que acceptaràs sense dubtar.

—Sí, perfecte, quan vulguis.

Fa veure que no ha sentit «que li agradi a l'Òscar», perquè si ho hagués fet, hauria hagut de dir que no. Que ella es compra roba per a ella, no per als altres, totes aquestes mentides. Totes aquestes veritats.

Corrent penso:

Al principi jo no necessitava ningú més que ell. Després vaig començar a necessitar amics i vida social, la primera droga, perquè ni ell ni jo rèiem tant quan estàvem sols. Ja no ens sorprenien les intel·ligències respectives. Tothom necessita riure, la segona droga. I jo ja ho necessitava més que el sexe, la tercera droga, que és possible amb l'ajuda de la segona. Alcohol, la quarta, per poder seguir tenint la segona. Per davant de l'amor? És que no hi pot haver amor sense riure, ni, en el nostre cas, ja, riure sense alcohol. El secret d'una parella madura sense Cristines i quan els fills ja són grans: vi, rialles i lubricant.

Li envio un missatge al meu primer ex. Li dic que el voldria veure, que el convido a fer una copa, que m'ha de fer un favor. Em contesta en cinc segons, no em deixa en «vist», em diu que hi anem immediatament, que li fa il·lusió quedar amb mi. Que per què he trigat tant. Tos, li fa il·lusió quedar amb mi.

Quedem a la cocteleria de sempre, a les quatre de la tarda. Jo demano un daiquiri (de vegades demano còctels que em provoquin un estat d'ànim tropical); ell, un gintònic. Ara és un home gras i botit (abans no), però que resulta molt atractiu a tothom. Com a panda, té la barba negra i blanca, uns solcs foscos al voltant dels ulls, i el cos ple de pèls, segur que negres en algunes parts i ja blancs en altres. Per defecte li agraden totes les dones. Si no és així, es veu obligat a fer-ho veure, i aquest és l'únic secret de l'èxit que té. Li agraden tots els estils: és un gran cuiner que degusta un caldo, genialment senzill, fet per una iaia i, a continuació, es menja una oliva esferificada. Valora cada petit o gran gest de cada petita o gran dona. Si n'hi ha una que s'ha tatuat, ell valora aquell tatuatge, i ens ho explica en veu alta a totes les altres, perquè també ho celebrem. Si n'ha una que s'ha perfumat, ell valora aquella olor. Si n'hi ha una que s'ha pintat els llavis, ell valora aquell detall, perquè tot allò, per a ell, són ganes de jugar. Poma o menú degustació. Tot li agrada. Pits operats o pits autèntics, caiguts o petits, l'únic pit de la Gretchen, que bonics tots. La seva manera de comportar-se, davant de les dones, és a la vegada innocent i sàtira. Una manera de comportar-se que ho fia tot a provocar moments sensuals o picants, equívocs, flirteig, constantment. Si fracassa, riu amb sorpresa. Si guanya, riu amb sorpresa. És dels pocs homes que conec que encara es comporta així, ara que tothom és tan cautelós amb les relacions heterosexuals per això del «no és no». A ell no caldria mai dir-li «no», perquè ell mai preguntaria tan directament si «sí». Per defecte, si depengués d'ell, amb totes seria sí. Des del principi, a l'ambient hi ha les seves ganes, perquè no podria no tenir-les; seria de molt mala educació no tenir-les, com llençar menjar. No podria perdre cap oportunitat. Si jo ara li digués: «Va, on anem?», ell cridaria: «Sí!». I amb el braç faria un gest vigorós de victòria. Puny tancat, com qui estira el fre de la locomotora.

Amb mi es mostra molt franc explicant-me les nòvies que té i les que l'abandonen (ser abandonat ja hem convingut que és el que es mereix i s'ho pren amb humor), perquè intueix que l'única manera que tindria de tornar a allitar-se amb mi (i ho consideraria una nova osca a la pota del capçal, perquè seria com fer-ho amb una altra, no amb aquella Cristina que jo era) fora aquesta: parlar-me'n, i no pretenent que soc l'única (sap que no me'l creuria). Hi ha gràcia en ell dient els noms o els sobrenoms de les amants. «La basca va aguantar més que les altres». «La talladora de sushi deia que no volia venir a casa meva perquè totes s'hi havien deixat coses». «La petitona no es treia els sostenidors perquè deia que li queien massa els pits». I riu i riu.

—Quina nòvia tens, ara? —li pregunto. Fa gairebé un any que no ens veiem, però anem parlant per WhatsApp i ell sempre fa *likes* als dibuixos que penjo a Instagram.

Riures.

—Ui, no sé on ens vam quedar!

—Jo tampoc!

Riures, riures. Com els enyoro, com.

—Ara he tornat amb la Xus.

No pretenem fer-ho exhaustiu. Seria molt diferent si ell fos una dona. La pregunta seria de veritat i la resposta, també.

—La Xus, qui era? Ja he perdut el compte de...

Em resumeix, durant una estona, la vida de la Xus, i de seguida li dic que necessito comprar èxtasi o MDMA.

—És per mi, me l'has de trobar bo.

És «bo» o és «bona»?

—És per donar sentit al teu matrimoni? —em pregunta. No dic que no. Si el meu amor ho sabés, em consideraria deslleial.

Agafa el telèfon, que té a la barra, com jo (ara ja tothom té sempre el telèfon al davant).

—*Dafne, ¿me dejé en tu casa un cedé de los Beatles?*

Déu meu, passen els anys i segueix fent-se tot de la mateixa manera. Ni tan sols han canviat els referents musicals. Quan vivíem junts i ell volia cocaïna, eren els Rolling Stones. Si volia MDMA, els Beatles. Fins quan seguiran dient-ne cedés? Somric si penso en el meu home i la Cristina, algun dia, trucant al camell: «Em vaig deixar un vinil de Vivaldi, l'altre dia?».

Tanca l'acord. Em dona una adreça d'un carrer proper al mercat de Santa Caterina. Bevem una copa més i em diu que, tant per tant, m'hi acompanya. Agafem un taxi, perquè diu que li fa mandra anar al pàrquing, treure el cotxe i buscar-ne un altre allà. Si fos la seva esposa, no ho hauria fet així.

El de la Dafne és un narcopís, petitet i fosc, on es ven tota mena de droga a la menuda. Tinc coneguts que viuen per allà (van comprar pisos amb una esperança bohèmia que va ser sepultada per la brutícia i la degradació) i que ara mateix podrien estar gravant amb el mòbil per denunciar el que passa al barri «davant de la passivitat del districte». I m'hi veurien entrar.

La Dafne és una trans brasilera, que, diu, està estalviant per pagar-se l'operació definitiva a Tailàndia.

—Us n'heu anat al llit? —li xiuxiuejo al meu ex.

—Ella no ho vol —fa ell. I ja en veu alta—: *Pero, ¿verdad, Dafne, que un día follaremos?*

La Dafne somriu:

—*Tengo muy poca libido, con la medicación* —fa. I, com per fer-se perdonar, diu—: *Pero ahora más que un polvo prefiero un abrazo.*

Jo esclafeixo a riure i l'abraço. Massatge o orgasme? Totes estem igual?

La droga que vull és la més barata, però tot i així ens fa un descompte d'amics. Parlem una estona de política i m'explica que té una pàgina web sobre transsexualitat «que haig de mirar». Ens ofereix una ratlla de cocaïna, però cap de tots dos no en vol. Se la pren ella.

Quan som al carrer, l'ex em passa el braç per sobre les espatlles i em fa un petó als llavis.

—No te'n vagis, tonta... —xiuxiueja—. Que tens control parental?

I em llepa el palmell de la mà (una llepada furtiva i seca, melosa, de panda). Quanta gosadia, quanta confiança, cor a cent. Com s'hi atreveix, soc una senyora, una senyora, descarat, per qui em pren. Li hauria de dir això?

M'ha vist alguna cosa a l'actitud corporal, als ulls, a les mans. Quan adoptes un animal, t'apareixen altres animals abandonats. Desprens alguna olor, volent i sense voler.

—Faig una festa el dia 23 a la nit —li dic—. Diumenge. M'agradaria que vinguessis.

—I què dirà el teu marit?

Bona pregunta.

La Cristina és, en dos o tres dies, part de la rutina de la família. Si acaben d'hora l'assaig, ell fa el sopar i ella l'ajuda. Li agrada ajudar-lo, perquè a mi no m'agrada. Quan torno del diari, a la cuina m'hi trobo el xef i l'ajudant del xef, que passa la baieta blava domèstica per tots els marbres i la fusta de tallar verdura, incansablement. Aquella baieta blava que ja és seva. La manera de no parlar la delata. Prova de gaudir intensament del costum, i ho intenta intensament perquè no és costum. Si en fos, no se n'estaria adonant tota l'estona. Talla amb parsimònia, prenent decisions sobre tomàquets, vigilant els dits; no se'ls pot ferir.

Però el matí del quart dia, que és divendres, ens diu que no soparà amb nosaltres, perquè «ha quedat amb un amic» i «arribarà tard». Fa allò que fas quan comences a sortir amb algú. Procures que es noti que tens gent amb qui sopar, que tens una vida intensa al marge del teu amor, que ets algú estimat, i procures despertar una certa gelosia; actues com si l'altre t'estigués mirant. Quedes amb algú per parlar del teu amor i per comprovar com l'enyores.

Què vol, ella? El que pugui, de moment. El vol en exclusivitat? Segurament. De la seva vida, no en sabem gran cosa. El pare és rus; la mare, catalana. La germana canta. De petita no volia fer violí; va estar molt malalta, tenia asma, no va anar a l'escola durant molt de temps. Això li agrada explicar-ho. Li van donar una beca. Exagera el bon rotllo amb els seus ex, amb els quals, segons dona a entendre, de tant en tant se'n va al llit. S'ha inventat a si mateixa com a promíscua, però ho voldria ser? O ho fa perquè ara hauria d'agradar-li això, perquè sense voler s'ha convertit en una robamarits?

Sense la Cristina a casa, aquell vespre, ell va d'un cantó a l'altre com una ànima en pena. S'asseu al piano i comença a tocar peces, totes en to menor. No hi ha un to major ni per casualitat. Quan sento que ataca l'*Adagio* d'Albinoni veig que la situació és més greu del que em pensava. Llavors, potser per no pecar d'intranscendent, es passa al violí, i ja és tan trist com un músic de restaurant o de vagó de metro. Pujo cap al meu estudi (el glaç de l'hivern ha arribat al pis de baix) per evitar veure'l, al cap d'una estona, qui sap si assegut a la tapa del piano, malenconiós, cantant laments amb un ukelele a la falda.

Corrent penso:

Quan ens enfadàvem aC, la nena venia i provava d'aconseguir que féssim les paus. «Abraçada familiar!», deia sempre amb un to deliberadament infantil, com de dibuixos animats. Ho fèiem. Ara, dC jo no he tornat a retreure-li res. Deixo que els calçotets envelleixin a terra i que les ampolles d'aigua amb gas no tinguin tap.

—Tinc allò —li dic a ell. L'endemà ja és Sant Jordi.

—Ah sí?

Li veig una guspira als ulls.

—Sí. Ja t'ho vaig dir, que era fàcil.

—I d'on ho has tret?

—Del Pere.

—Ah.

—Li he dit que vingui a la festa.

—Ah.

No és gelosia, ara. És un record d'aquella antiga gelosia. És ràbia cap a mi pel fet d'haver-lo convidat, sabent, com sé, la rancúnia que ell li tenia (i que a mi em complaïa). No em demana cap detall de quan hem quedat. I de com l'hi dec haver agraït. Resulta tan misteriós que jo quedi amb en Pere com que ell compri caviar de salmó.

—Però no sé... —romanceja. De cop, té por—. I hauríem de portar la nena a...

—El dia de Sant Jordi, si veiem que...

—No ho sé.

—Recorda tot el que passava.

A ell li sembla que el que vull és tornar al passat, quan, un cop o dos, vaig prendre'n amb ell (tot i que a ell li feia molt efecte i a mi gairebé gens). Es pensa que vull fer-li sentir per mi el que sentia, aquella sensació a la pell, la música, els petons, aquell amor infinit, parlar com si fóssim sacerdots, de manera que afegeixo:

—Tu, jo i la Cristina.

Que quedi clar que hi haurà la Cristina.

Corrent penso:

L'àvia prenia aigua del Carme, un licor per als cops i els ensurts que portava molt d'alcohol, amb qualsevol excusa. I parlava del seu home, l'avi: «És que el vostre avi sempre em buscava, sempre em buscava». Em buscava. Volia dir que la pretenia sexualment. Ho deia cansada, farta, un pèl complaguda, un pèl meravellada. «És que el vostre avi em va buscar fins a l'últim dia. És que el dia abans de morir-se em va buscar». La pulsió sexual dels homes de la meva família. Em pregunto si li feia mal. Si abans n'hi havia, de lubricant.

Com que la primera firma de Sant Jordi és a les onze, a les paradetes de l'Fnac de la plaça Catalunya, he anat a córrer a les set, jo sola amb la gossa, i després de la dutxa he agafat el tren que m'ha deixat allà mateix. La Gretchen, en Dani i la Francina vindran a la tarda per ajudar amb la festa. Portaran menjar, gel i begudes. Neptú no ha volgut fer res (han d'assajar).

Per anar de parada en parada ens acompanya una noia simpàtica de l'editorial (totes es reparteixen els diversos escriptors) de la qual no recordo el nom, però no vull que ho endevini. Procuro ser amable amb ella; sé que es riuen dels autors (perquè exageren amb secreta complaença la pròpia inutilitat i les rareses). Saludo tothom amb timidesa (soc una intrusa) i em poso a la feina amb l'autora de les llistes, més desimbolta i a qui tothom coneix. Ella escriu unes frases en forma de llista i jo faig un dibuixet. Tothom ve amb el llibre de les llistes; els meus altres, els que he fet per a nens, o el còmic per a adults, ja no hi són, a la parada. Són llibres pels quals ja he rebut la carta que reps, gairebé sempre a l'estiu, que t'avisa de les «operacions especials» que faran a algun dels teus títols. Operacions especials vol dir que els trinxaran, perquè ocupen espai al magatzem. No m'estranyaria gens que el meu veí titulés així una novel·la.

Porto lents de contacte, per veure, de lluny, la gent i els noms dels carrers, però això vol dir que no m'hi veig de prop i faré un traç lleig. Podria posar-me les ulleres, per escriure, però «a Mallorca hi ha una *cougar...*». Tos.

El centre és plenissim de gent, no es pot passar per

la rambla de Catalunya, ni per la de les Flors, ni pels carrers que les creuen. Tothom va amunt i avall amb llibres i roses. De parades de roses n'hi ha d'improvisades (taules de càmping envoltades amb una faldilla de bandera catalana) però també de llibres de segona mà. Cues i cues que es bifurquen per als diferents autors, amb vigilants de seguretat que els fan passar quan els toca. Demanen una firma, però també una *selfie*. A les pauses, els periodistes pregunten als autors com viuen el dia, i ells diuen que molt bé, que és molt emocionant, però que no es poden entretenir gaire a contestar, perquè han de firmar, que és «el dia dels lectors». La majoria de les seves declaracions no s'emetran, perquè són calcades les unes a les altres i calcades a les dels anys anteriors. A mi i a l'autora de les llistes també ens pregunten. Pregunten a tothom i a la nit potser emetran les paraules del més venut.

Vaig entaforant a la bossa els regals i les roses, i, encara, algun telèfon o e-mail d'algun jove dibuixant o algun jove escriptor. N'hi ha, esclar, que han vingut a seduir-nos (si ho aconseguissin, seria una cosa divertida que explicarien als amics, entre rialles, «Tios, tios...!»). Els veig molt prims a tots i amb els pantalons molt ajustats. El seu aspecte és una barreja entre repartidor de menjar a domicili i monologuista. Ha canviat la manera de ser home i dona jove mentre jo era fora del mercat, de baixa mental maternal. De tota manera, aquests nois no trien. Escriuen a totes les autores i només les que no estan acostumades a rebre'n, de cartes, se senten distingides. En conec un, de noi d'aquests, que se n'ha anat al llit amb tres de les més venudes de ficció i amb la coautora del segon més venut de no ficció. Té un podcast de cultura i, si no li contestes els e-mails, o no li fas retuits, s'enfada i amenaça de destrossar-te amb una crítica. Quan n'apareix una de nova, d'escriptora o dibuixant, li escriu, encara que hagi fet un llibre sobre sucs verds o llistes, com jo.

Per cansament, un dia el vaig convidar a sopar i em va parlar molt de la seva mare (vivien junts i tenien una gran relació, repetia). Tota l'estona em deia que ella m'admirava, que estaria contenta de coneixe'm, que li fes un dibuix, sisplau, en un tovalló, sí, i ella se l'emmarcaria. Li enviava missatges durant el sopar, i em va semblar que d'alguna manera, des de la distància, la dona m'estava oferint el fill. El noi bevia poc, no feia més que repetir que a ell li agradava el monestrell, i em va acabar avorrint. Són un tipus de nois, molt francs i susceptibles, que val més no conèixer mai, perquè sempre hi ha un dia que, sense que sàpigues per què, s'ofendran amb tu vívidament, delicadament, persistentment, i la rancúnia els durarà anys.

A la una veig tot de trucades perdudes de Neptú. En marco el número de telèfon (el tinc a «preferits»).

—Ara...! —fa, exasperat.

Mal humor, introspecció, mai li faria a ningú aquest to, excepte a la seva mare i a mi.

—És que no he parat —exclamo jo—. Digues. Un «digues» executiu, també. D'anar per feina.

—On dines, tu?

—Al bufet de l'editorial. Quin remei.

Sempre acabo posant el meu nom a les frases.

Faig el to matrimonial de sempre. No faig el to alegre, il·lusionat, que faria la Cristina en sentir-li la veu, el to que mereixeria el dia de Sant Jordi a Barcelona. Ell tampoc no em pregunta com va, si he firmat gaire o no. Les comparacions. Segur que li ha trucat, també. Segur que no estava més alegre —ell ja no és alegre, ja no ho serà mai més—, però sí més tendre, amb més ganes d'escoltar, més amoïnat pels possibles silencis. Ell i jo, per telèfon, semblem el president americà i el president rus.

L'editorial fa un dinar a peu dret per als autors a la terrassa d'un hotel del passeig de Gràcia (tothom ha d'anar a firmar a la tarda). Hi ha tot de canapès que jo dibuixaria molt feliç (de tomàquet cherry i burrata punxats en un escuradents llarg, culleres de plàstic negre amb sashimi de salmó i entrepanets d'hamburguesa). A mi em fa mandra anar-hi perquè no m'agrada lluitar pel menjar i no conec cap dels autors de la casa, ni els caps i directors.

I ell:

—A la tarda et vindrem a veure amb la nena. Ara l'he deixat amb els meus pares.

I jo:

—Sí, que s'hi quedi a dinar. No vingueu ara, està petat de gent i fa molt sol.

I ell:

—Ja ho veurem, potser després m'animo.

Tots els editors es queixen que Sant Jordi festiu (com aquest any) és pitjor que laborable, perquè si és laborable la gent surt de la feina i es troba els llibres al carrer, però que si és festiu, molts ja no hi van.

Corrent recordo:

«Jo soc l'últim violí de la segona fila», em va dir quan em va donar un disc on havia participat, l'endemà de coneixe'ns. «Em distingiràs de seguida entre tots vint-i-quatre». I li vaig demanar una cita. Penso molt en la llum d'aquells dies.

Firmem, firmem, firmem. Em miro les lectores i provo d'endevinar si tenen relacions sexuals. Em sembla que la majoria de la nostra cua, no. Com s'ho feia Mrs. Robinson? Ja s'havia posat lubricant quan apareixia davant del noi?

«Les dones són les que prenen la iniciativa, les que decideixen en realitat», diuen els homes (en Dani el primer, en Pere el segon) per fer-nos contentes. No pot ser d'una altra manera a partir d'una certa edat. Les gates avisen del zel: estic disponible. Les humanes, també. No pots dir, allà al cotxe aparcat al mirador, amb Barcelona als teus peus: «Un moment, torno de seguida, vaig darrere d'aquell arbre a posar-me el meu amic. Espera't que deso les ulleres. T'has pres, ja, la Viagra? Sobretot no m'agafis els cabells. Quant triga a fer-te efecte? Xerrem, si vols, mentrestant, però llavors m'hauré de tornar a lubricar».

Una altra parada, aquesta a la Rambla Catalunya.

—Què vols prendre? —em pregunta el llibreter encarregat.

—Podria ser un gintònic?

Riuen. Primer no saben si va de veres. Ells volen dir cafè o entrepanets. Cada persona té una hora límit abans de la qual no s'ha pres ni es prendria mai un gintònic. Les deu del vespre. Les set de la tarda. Les quatre de la tarda. Les dotze del migdia.

I més d'hora ja venim els borratxos en diferents graus.

—Ei! —em diu un homenet, a dins de la parada.

Durant tres o quatre segons em quedo en blanc. L'homenet és el meu segon ex, en Jordi, l'artista gràfic, l'artista gràfic Jordi. L'autor del còmic a qui vaig fer de fondista. Com pot ser que no l'hagi conegut?

—Hola, no t'havia conegut!

Ho dic sempre, no em creuen mai. Es pensen que faig comèdia o que no tinc ganes de saludar. «Que estúpida», deuen pensar. «Que miop», haurien hagut de pensar.

Me'l miro, ja de prop. Li faig dos petons de cosina.

—On dines? —li pregunto.

Ell no té cua de lectors, nosaltres sí. Els lectors estan més interessats en les llistes per millorar la vida que en les distopies il·lustrades sobre zombis durant el nazisme, encara que els fons els hagi fet jo.

—Jo? A casa. A mi no em conviden a cap dinar editorial. Ja no soc ningú, jo, no soc mediàtic. La meva editorial no en té ni per pipes. Hauré d'il·lustrar un llibre sobre llistes, o sigui...

La seva principal característica, que em va acabar exasperant molt, és que no sap fer el to d'ironia.

Deu anys amb ell del tot oblidats. De quin color eren els llençols que teníem o el cobrellit? Ens el va regalar la meva sogra de llavors, que tant m'estimava (ja és morta) i era d'aquells amb estampat d'amebes? O l'havíem comprat nosaltres quan encara teníem interès sexual i era, doncs, d'un sol color, com ara morat o negre, apte per al sexe amb dedicació? Teníem un coixí llarg o dos coixins individuals? Com és que no puc recordar-ho si van ser deu anys però recordo perfectament els de la prote? No devíem tenir un coixí llarg, són incòmodes, fins i tot si t'estimes, com nosaltres, que ens vam estimar prou durant els primers anys (més tard, jo ja no). Recordo, això sí, les tasses d'esmorzar (grogues, d'Ikea). Amb ningú més he esmorzat tant, ni tantes coses bones, ni amb tanta pau.

Que vell que el veig. Vell de la manera vella que es tornen les persones poc corpulentes, com un faune. Ara està prim i, d'haver-se aprimat, té la sotabarba flonja, com si fos un Muppet. Com em deu veure ell a mi? Intueixo, per les coses que va dibuixant, que encara li agraden les dones. Els homes potser no paren mai de sentir atracció, com em va dir, aquell dia, el meu amor. Esclar que moltes dones tampoc. Potser l'única que ja no sent res, de res, de res, de res, de res, de res, de res, de res, de res, de res, de res, soc jo.

Res de res de res de res de res de res. És veritat?

Li dic a l'ex:

—Et convido a una copa, va. Passo del dinar de l'editorial. Vinga, vols?

I fa exactament com quan estàvem junts:

—És que si no faig una mica de coixí, jo...

Quan estàvem junts, sempre vaig pensar que parlava com un vell. I ara finalment és un vell. Ara ja ha arribat a l'edat que sempre havia representat, des dels tretze anys. Se sent còmode on és.

—Unes patates fregides van bé? —li pregunto.

I ell, com abans, com sempre, puntualitza:

—Patates rosses? Fantàstic.

Patates rosses, esclar; és més genuí. A ell li agrada menjar molt orgànicament. Li agraden els embotits (el pernil, el fuet...), les croquetes, el pa amb tomàquet, la truita de patates, el gelat, els pastissos... És d'aquests que se'n riuen, de la nova cuina, que fan broma de les «esferificacions» (a mi, m'agrada tot). Es passa la vida fent règim.

Em diu:

—Estàs molt bé.

Jo:

—Doncs mira que tu!

Una broma perquè no s'hi entretingui. «Estàs molt

bé» no és el mateix que «que guapa que estàs». És com trobar bona la verdura. És bona, sí, però per ser verdura. D'una gamba no en parlaríem igual. A una verdura li reconeixem el mèrit. A una gamba l'admirem.

Hi ha una època de la vida en què sempre que ets a prop d'algú amb qui t'has allitat t'incomodes. No el mires de fit a fit. No el vols tocar, aquell algú, per si l'electricitat (per part seva) encara hi és. No vols que et toqui, per si els altres hi veuen aquella antiga intenció i perquè tu hauries de rebutjar-lo —rebutjar et fa vergonya i et sap greu—, així que et replegues dolçament com una banya de cargol, perquè no vols que «es confongui». Però, després de la llet de soja, n'arriba una altra en què ja no. Que veus algú amb qui te n'has anat al llit i és com si mai hagués passat res. No soc jo la que se'n va anar al llit amb ell, la que va viure amb ell sota el mateix sostre i va dormir sota aquells llençols que no puc recordar. No la soc.

Acabem la cua i l'arrossego cap a la cocteleria (i li repeteixo que no pateixi, que pago jo) perquè em ve molt de gust algun còctel amb llimona i perquè no vull perdre temps enraonant sota el sol —tenim poc temps abans de les firmes de la tarda—. Tret de borratxo. Tens poc temps? Doncs a beure de pressa.

La diferència entre ell i jo és que per a ell ser dibuixant (no pas dibuixar, ser dibuixant) és el més important. Per a mi no. Per a mi és més important córrer. Els animals domèstics. L'alcohol. La música. La família. Tot el que perdré.

Em diu el que em diu tothom:

—Estàs a tot arreu, eh?

Vol dir que veu la meva vinyeta i que ha vist el cartell que vaig dibuixar per anunciar les hipoteques d'un banc (ell, esclar, no es «vendria» mai d'aquesta manera). És una casa volgudament infantil, com si l'hagués fet un nen. És el que em van demanar.

Contesto el que sempre contesto, també:

—Com una esclava.

Entrem a la cocteleria. La bafarada d'aire fred és l'únic estímul capaç, en aquestes circumstàncies menopàusiques, d'eriçar-me els mugrons.

—Vinc amb un amic, també dibuixant —li remarco al cambrer (perquè si no el reconeix, no s'ofengui).

I l'ex, com sol fer, li dona la mà i diu:

—Jordi Larreula.

Es veu sempre obligat a dir el nom i el cognom. S'ha fet fer targetes, però se les estalvia si li sembla que l'interlocutor no se les mereix, fent veure que se les ha descuidat:

—No porto cap targeta, ara mateix...

Seiem a la barra (tot i que a ell les barres no li agraden, prefereix cadira i taula, perquè pateix sempre de mal d'esquena). Encara com abans, amb el bigotet fosc i els cabells tan llisos de mosqueter, segueix sent una figura egípcia que vam veure tots dos al Louvre: es diu «el majordom Kety». No sé si estudiar Belles Arts ha fet que trobi a tothom semblances escultòriques o pictòriques, o potser justament vaig estudiar-ho perquè ja les trobava. Va ser una broma privada matrimonial, aquell personatge. D'això sí que me'n recordo. Dels llençols, no.

—I què? La Carme, bé? —I estossego.

—La Carla.

El gnom no s'ha equivocat expressament.

—Ai, la Carla, volia dir!

—Ja no estem junts, te'n recordes, que t'ho vaig dir?

No me'n recordo, tampoc. Com m'ho va dir? Per telèfon? Me'n recordo de quan em va convocar cerimoniosament per «dir-me» que tenia parella. Ho va fer per mantenir una ficció davant d'ella. Li devia haver dit que jo encara l'estimava per pujar la cotització. A mi no em treu la son que tingui parella o no. Prefereixo que en tingui, que sigui molt feliç.

—Ostres, no.

Em diu que ara té una nòvia (també jove com l'anterior) i que fan això del *living apart together* i que segurament la conec (fa una pausa maligna), la Marta Saperas (sí que la conec, és la que em va veure el salvapantalles del gatet; que em va fer, temps després, una crítica al *Time Out,* d'un llibre il·lustrat sobre la pubertat, plena de condescendència i mala llet).

—Sí, sí que la conec. —Amb un somriure per damunt d'ell, d'ella i de l'art plàstic en general.

Corrent penso:

El dia que vaig anar al CAP per la tos, mentre m'esperava, llegia els consells a les pantalles. «Es despista sovint?». «Li ha passat sempre?». «El seu fill és molt mogut?». «Creu que podria tenir TDH?». Sí, no, no, sí.

Per distreure'm, vaig fer sencer el de l'alcoholisme. El recordo de dalt a baix, que és un tret que tinc en comú amb la nena. Podem recordar tot de coses que només ens ocuparan dades i, en canvi, no podem recordar les que de veritat necessitem, com el nom de la nòvia del meu segon ex, a qui podríem anomenar la majordoma Kety, o els deures de l'endemà.

«Creus que beure alcohol canvia les teves decisions?».

Sí, vaig pensar. Si bec, decideixo beure més i menjar aliments processats, com patates fregides (vull dir, rosses).

«Practiques conductes de risc quan beus alcohol?».

No ho sé. Discuteixo. Crido. Em poso agressiva.

«Has provat mai de deixar de beure durant una setmana o més temps, sense haver pogut complir el termini?».

Ho faig un o dos cops l'any patint el primer dia.

«Et molesten els consells d'altres persones que han tractat de convence't perquè deixis de beure?».

No ho han fet. Suposo que em molestarien.

«Has canviat d'una classe de beguda a una altra a fi d'evitar emborratxar-te?».

No per aquest motiu.

«T'has hagut de prendre algun glop a primera hora del matí el darrer any?».

Sí. Sempre.

«Enveges les persones que poden beure sense ficar-se en embolics?».

En soc una.

«Has tingut cap problema relacionat amb la beguda el darrer any?».

Sí. Seria llarg d'explicar.

«La teva forma de beure ha causat problemes a casa teva?».

No. aC ell m'acompanyava.

«Proves d'aconseguir glops «extres» a les festes per por de no tenir-ne prou?».

No vaig a cap festa on hi pugui haver aquesta por. Si cal, en porto.

«Malgrat que en ocasions no ets capaç de controlar-te, has continuat afirmant que pots deixar de beure quan vulguis?».

Crec que puc. Però no m'agrada la idea. («Déu meu, fes-me cast... però encara no», diu sant Agustí.)

«Has faltat a la feina, la universitat o l'institut per culpa de la beguda en el darrer any?».

No. Però hi he anat beguda o entonada i l'endemà me n'he penedit i he patit per si se n'havien adonat.

«Has tingut mai "llacunes mentals" (oblit d'actes fets) a causa de la beguda?».

Sí.

Em van semblar preguntes poc hàbils, fetes per algú que no coneixia el mam ni de lluny. Hi faltava: «Des de la menopausa t'emborratxes més de pressa que abans amb molta menys quantitat que abans?».

Però deia que, si tens més de quatre respostes afirmatives, ets alcohòlic.

Llavors, sortint de la cocteleria amb el segon ex, els veig. És ell, el meu amor, el meu home, el pare de la nena, el que va dipositar semen dins meu, que passeja amb el meu *remake*. Passegen clarament en direcció a la cocteleria, que era meva, va ser nostra i ara serà declarada «cocteleria oberta». A diferència de quan va pel carrer amb mi i la nena, camina al seu costat i a poc a poc. Amb mi i la nena sempre va al davant i adelerat (en fem broma sempre, d'això).

—Ah, mira, l'Òscar i una companya de l'orquestra —li dic al segon ex, amb to natural.

S'ho passen bé parlant i ara s'ho passaran bé bevent (aquest cop, sí, ella ja beurà, es deixarà aconsellar, tímida; a ell li encanta aconsellar). Res més de moment. No van agafats (tampoc no s'hi haurien atrevit un dia com Sant Jordi, on tothom és al carrer i et trobes a tothom), però segurament ella, de broma, li passarà la mà per l'esquena per treure-li una volva de pols; ell li tocarà el nas com als nens, quan fas veure que els l'has pres (era una cosa que em feia al principi i que m'humitejava els ulls, per la barreja d'adultesa i infantesa). No són amants, encara no. S'estan preenamorant. Agradant-se de. M'he agradat de tu. La responsabilitat és meva, la pena també. M'agrades. La responsabilitat és teva, no hi haurà pena.

Ella porta una rosa. Però pot no haver-l'hi regalat

ell. O pot haver-l'hi regalat sense cap intenció (ell no em va regalar roses al principi, i aquesta era la gràcia; només ho fa ara, justament, perquè és el que toca i és l'únic que toca). Ell es pensa que jo soc al dinar de l'editorial. Per això, segurament, va amb ella a la nostra cocteleria. Cap problema amb el fet que els vegi el cambrer. A mi també m'hi ha vist ara amb l'ex. Som moderns i ens estimem; per tant, ell queda amb dones, jo amb homes. Jo, en aquesta cocteleria, hi faig totes les entrevistes. Ell també hi fa les seves quan toca amb quartets de jazz (de manera que totes les fotos de totes les nostres crítiques als diaris, etcètera, són en aquella barra). Ara, ell li posa, molt lleument, la mà al damunt de l'espatlla. És el gest que et fan les persones galants quan et cedeixen el pas en una porta. No l'agafa, l'acompanya només. Però el gest em trasbalsa com no em pensava que ho pogués fer. Cauria a terra, com el dia que vaig llegir aquella paraula al diccionari. M'imagino el dibuix: una dona, amb una mà, la dreta, al pit, i l'altra, al darrere, a la paret, per recolzar-se. Les cames que li flaquegen i a la cara una expressió d'esglai. I al fons, anants i vinents (fets per la fondista) que no la veuen.

Tot i així, em preparo per gaudir de la seva sorpresa i culpa quan em vegi (fogot). Espero que em descobreixi, per estudiar-ne, com un borinot plàcid i capficat, la reacció. Tinc temps de pensar en la meva. Quina ha de ser? Naturalitat, perplexitat? Cinisme que només vegi ell?

Ell: sorpresa, vergonya, un punt de culpa i de contrarietat. Jo no li venia de gust.

—Ostres, no eres al dinar de l'editorial? —em diu.

Jo: cinisme, morbo, autopuniment, exageració.

—Sí, però m'he trobat en Jordi, i tu? Que no anaves a passejar amb la nena?

—Sí, però la Cris també baixava i hem dit...

Cris, Cris, Cris...

Què fem, què no fem? Entrar tots quatre (ho proposo jo) a la cocteleria. Tots quatre a la barra. El meu amor i jo, enmig. Ella, al seu cantó. L'ex, al meu. Ni ell ni jo no ho triem, però la Cristina i el meu ex (no sé per quina raó em costa molt anomenar-lo Jordi) sí. Jo me n'he anat al llit amb tots dos; ella amb cap, de moment.

Em trec la mandra de sobre i inicio el penós camí de la complicitat femenina. Per fer-ho em prenc un sidecar i un margarita a tota velocitat.

—Vigila, que ja saps que... —em diu ell.

—Ja vigilo.

Llavors, ja me n'haig d'anar. A les quatre, m'esperen els fans de les llistes.

—Fem una festa aquesta nit —li dic a l'ex, perquè m'havia descuidat de dir-l'hi—. M'agradaria que vinguessis. La Cristina hi serà.

—Ah, doncs sí. No tinc res millor a fer —diu ell.

En un altre moment el meu amor i jo ens hauríem mirat.

—Puc venir acompanyat?

—De cap manera! —dic en broma.

Es queden tots tres allà (l'ex a la tarda ja no firma). Després, potser es quedaran ells dos, sols a la fi. Qui pagarà? La Cristina no; és massa jove. Gràcies a la llet de soja veig de manera clarivident l'escena que ha de passar: el meu ex treu, pesadament, lentament, la cartereta, i posa deu euros a la safata. Llavors veu que amb deu euros no paga l'únic còctel que s'ha pres i remena per trobar els dos euros que falten. Quan ha vist que jo marxava ja s'ha posat a patir per si el compte es compartia. Ha calculat que no prendria un segon còctel, per si no es compartia, però també que si es compartia valia la pena demanar-ne més d'un, perquè, si no, hi sortiria perdent. El meu home (que és un home de món) al final, li ha dit que no cal, que no cal, que ja paga ell. L'altre ha acceptat de seguida. La Cristina li ha donat les gràcies. Després, però, ell, el meu home, m'enviarà un missatge de retret en què em dirà el que li ha costat «la broma».

Bec la resta de la tarda. He començat i ja no puc parar. Arribo a la parada que em toca i dic que un moment, que vaig al lavabo. Entro en un bar, ple de gent, i aconsegueixo que el cambrer, que em reconeix (tot i que no sap com em dic) em posi un vodkatònic abans que tots els que fan cua. Porto tot el dia amb menys tos. Sense haver-me de canviar, doncs.

A la nit, no fa calor. Recordo molt bé la temperatura de tots els Sant Jordis de la meva vida de dibuixant, perquè recordo molt bé com m'he vestit.

Quan era més jove, em sabia greu que fes fred, perquè em feia il·lusió dur roba transparent o samarretes lleugeres i arrapades. Una il·lustradora pot fer això. El meu primer Sant Jordi, l'any 2000, amb un llibre per a P-5 sobre rentar-se les mans, vaig dur una faldilla curta blava tot el dia i a la nit, per a la festa de l'editorial, me'n vaig posar una de negra, llarga. Era roba barata. Jo, llavors, era una Cristina i no me n'adonava. A les dones com ara jo simplement no les veia. Acabo de recordar, perquè ho havia oblidat del tot, que me'n vaig anar al llit amb un poeta gallec, de cabells grisos, que vaig fer veure que havia llegit.

Al vespre, el nostre trosset de jardí lleig amb gespa artificial és ple de gent. Alguns músics de l'orquestra; els veïns (l'escriptor i la dona); dos nois de la secció de política del diari on dibuixo; la Gretchen amb el viking i les nenes; en Dani sol; la Francina, amb la dona i la nena. Bevem vi, mengem pa amb tomàquet amb embotits i hummus de la Gretchen. Jo he encarregat truites de patates a una cuinera de l'escola, com si no passés res, com si poguéssim seguir sent aquesta gent d'esquerres, progressista però irònica (som capaços de fer bromes incorrectes sobre el clima) que compra truites a la cuinera de l'escola, que les fa tan bones. «Mira'm al Facebook», em diu sempre la dona, que és grassa i gasta crocs blanques. I sempre diu que té tot de clients famosos que no pot revelar. Explico això, al jardí lleig, mentre tothom en menja i troba que sí, que efectivament, que sí, que són molt bones, que aquella dona és màster en truita, paraules així, de quan no t'amoïna res. I jo per dins: «És avui, és avui». I no podent pensar en cap catàstrofe més: ni en huracans, ni en dolor, ni en fam, ni en el senyor Hilari.

On és? On ha estat? Hem de mostrar-nos junts un moment, davant de tothom, i brindar, perquè és la nostra festa d'aniversari. Però no el trobo. El meu segon ex i la nòvia, la Marta Saperas, la de la crítica, seuen a les cadires del Leroy Merlin, mirant-nos des de la ironia perpètua. Com els hauria menyspreat si no hagués conegut les circumstàncies de la tos. Ella és la més jove i lletja de la festa (la dona del meu veí escriptor, la segona): té un cul bla i caigut, i fama d'anar pels bars de matinada provant d'endur-se al llit qualsevol borratxo de qualsevol sexe. Voldran criticar-me, junts, quan es quedin sols, perquè he venut molts llibres de les llistes (i sortiré a la llista dels més venuts), però no saben que soc una pobra vella. Ella és la *hipster*, la que ens ha de mirar amb condescendència sardònica i sorpresa exagerada. Ell, l'introspectiu. La mena d'artista que hauria viscut bé en una època pretèrita, en què només els que sabien pintar s'hi atrevien i en què la seva nòvia *hipster* hauria sigut una hostalera ruda i descarada, servint vi amb una gerra al fons del quadre.

Ens observen, però sobretot procuren que es noti molt que procuren dissimular que ens observen. Li hauria de preguntar quins llençols teníem.

Em poso a ballar enfilada a l'ampit de la finestra que dona al jardí. Ballo i ballo perquè he begut. És música moderna, de la que a mi m'agrada. Bowie, els Beatles... El meu amor la ignora, perquè li sembla fàcil.

La Gretchen puja a ballar amb mi. El llum del piano, des de dins, projecta les nostres ombres a la planta de bambú, tan invasiva. Ella es mou com una ballarina de striptease, mostrant a tothom la forma del seu pit i acariciant-se els cabells asimètrics, que des de la quimioteràpia li han sortit encara més rossos. Jo li copio els moviments, per jugar. Ballo bé, tothom ho diu, però no em puc comparar a ella. Llavors venen en Dani i la Francina, i des de sota de la finestra, es posen a fer gestos de sacerdots adoradors cap a nosaltres. Ell s'agenolla i tira el cos molt enrere, com si fos un home de circ. Ella, més vergonyosa, mou les mans com si imités un egipci i, de cua d'ull, es mira si la seva dona la reprova o riu. El meu veí escriptor sí que riu, mirant-se els altres convidats, com volent que participin en aquell fenomen únic, que ell troba tan divertit. El meu primer ex ja fa estona que ha marxat amb una mare de l'escola, que ha vingut sense el marit, pobre home.

Llavors la Cristina canvia de música. Posa la *Missa en re menor*. Ho ha fet. Ha anat a l'altaveu (un altaveu que ha portat en Dani de les classes al gimnàs), ha agafat el telèfon del meu Neptú, l'ha connectat i ha posat la *Missa en re menor*. Se'n sap la contrasenya, doncs. O potser no en té (jo no ho sé, això: si té o no té contrasenya). O potser l'hi ha demanat. La Gretchen, la Francina i en Dani s'aturen un moment desconcertats

(desconcertats pel concert). Però jo segueixo ballant i, llavors, ells també, com si fos música pop, i els de l'orquestra piquen de mans. És com un d'aquells discos dels vuitanta («Hooked on Classics», es deien) en què es recollien peces clàssiques que acompanyaven amb bateria electrònica i mans que picaven. I nosaltres tres fem moviments lents però coordinats, com d'aeròbic, i semblem tres hippies fusionant-se amb el cosmos.

Corrent recordo:

«Algú ha fet pipí vermell?», vaig preguntar a casa feia menys d'un mes aC. «Sí!», va dir la nena. I jo: «És per la remolatxa, la remolatxa fa fer pipí vermell. També us passarà amb la caca, tingueu-ho en compte!». Perquè els havia fet suc de remolatxa. No volia que es pensessin, tots dos tan aprensius, que tenien un mal lleig.

La Gretchen i en Dani m'abracen. La Francina em dona un cop al cap, de broma. Ell em pregunta:

—Per què plores, tia?

—Estic borratxíssima.

—Segur que hi ha més coses. —Això ho diu la Gretchen.

—Em faig pipí a sobre. Em pixo molt.

Esclafim a riure. I jo, després de riure, a tossir, i després de tossir, la resta. Enfilo les escales cap al lavabo de dalt, el de la nena i meu, que és tan petit.

—Veniu, gamarussos —fa la Gretchen.

I jo ric més, perquè sempre em fa riure quan deixa anar insults tan genuïns, que cap autòcton no diu, amb aquell accent teutó. Hamarrussos. Em surten mocs, del riure. La qüestió és vessar. Jo soc la copa de Pitàgores. Si m'omplo més del compte, vesso. Ho acabo d'entendre.

Em segueixen. Estic tan beguda que no em fa res que vegin —o potser em cal que vegin— la compresa de les pèrdues. Ens tanquem amb baldó i seiem a terra amuntegats. Tothom es pensarà que ens estem drogant. De droga n'hi ha, un altre pare de l'escola n'ha portat. Jo també tinc la de la Dafne, però és per després.

—Jo també em pixo, tothom —diu la Francina.

I es treu alegrement una compresa que ens ensenya, com si fos una penca de lluç.

—No patiu —diu en Dani—. A aquesta edat vostra ja no hi ha perill: no es riu gairebé mai. Ho dic per experiència. Cap als setanta ja hi tornareu.

—Em pixo! —xiscla la Francina. I s'agafa la panxa.

—Deixaràs de pixar-te quan deixis de tossir, burra —barboteja la Gretchen, que també riu—. I ara ja deixaràs de tossir, perquè és tos nerviosa. Avui no has tossit gaire.

Me la miro com si m'hagués fet una revelació religiosa.

—Tens raó. Però és que ara estic rient! —xisclo jo també.

—No és el mateix que quan tusses! —fa la Francina eixugant-se les llàgrimes—. S'ha d'evitar el «ha, ha, ha!».

Apocalipsi vol dir 'revelació'. Hi ha revelacions que apareixen en un moment d'èxtasi. El cos continua a la Terra, però la comunicació es manté a través de l'esperit. Som en un moment d'èxtasi? Potser sí. Ella ha dit que ja no tossiré més.

—I, per cert, hamarrussos, torno a la químio.

La Cristina camina de puntetes: és una gata elegant i misteriosa. Què vol dir elegant i misteriosa? Lenta. Però també és explícita, com elles. Ensenya el cul com les gates, com si tingués cua. Una cua que es mogués lentament, ara tapo, ara destapo. Jo la veig, aquesta cua. Els convidats també. Ha estat un error, la meva percepció. Jo la veia tova, però tots els homes de la festa li veuen cos de dona, pell de dona, formes de dona, pits de dona. Neptú i nereida.

Pujo a dalt a fer dormir la nena i les dues amigues que es quedaran amb ella. Me les trobo diablejant al meu armari, posant-se vestits i sabates. M'agrada que els agradi la meva roba. Els dic que tanquin la llum, que els convidats ja se'n van. I ella, la meva filla, parlant molt, molt de pressa, sense mirar-me, fa:

Símamasíraeltanquem!

—Que no t'ho hagi de repetir.

Per culpa de les bombolles tinc tanta son que m'estiro a la llitera i des d'allà dalt me les miro, rient, avalotades, al matalàs inflable, que els agrada tant.

—Ai, m'adormo —dic.

No saben que estic borratxa. A totes els agrada que em quedi allà, retuda, i a la meva, doncs, també, perquè les altres, mirant-se'm com una mare boja, li fan extravasar la dolçor que no sap que té cap a mi.

—No ronquis, mama.

Corrent penso:

Vaig estimar-la des que va néixer com qui llisca per gelatina, sense cap esforç i de la manera idealitzada i immadura, segurament histèrica i obsessiva, amb què ho faig tot. De seguida vaig entendre per què allò era d'aquella manera. L'amor a ella era l'únic amor que no s'apaivagava amb el temps. La rutina no el matava, aquell amor, ans al contrari. La rutina ho era tot, per a aquell amor. Una parella podia acabar fent fàstic, pena, por, ràbia, pudor. Un fill també, però tu no triaves, el seguies estimant. Amor, amor, amor boig, a prova de tot, aquell amor. Llavors llegia als suplements dels dissabtes que el que tocava era «no sentir-se culpable si no eres tan feliç amb l'arribada d'un fill com s'esperava de tu». Jo sí que ho era. Del tot. Tant, que era incòmode dir-ho. La Gretchen també. La Gretchen diu que el seu estat natural seria estar embarassada sempre. Diu que estar embarassada li agrada més que res al món, i que si no hagués sigut pel càncer, no hauria parat de tenir fills i més fills i que hauria treballat de ventre de lloguer.

Quan baixo, em sento nova, potser ha passat una hora. Ara podria continuar bevent i no tinc tos. Vaig cap a la festa. Un pare divorciat dorm al sofà i un altre li fa fotos amb el mòbil, rient. La gent comença a passar (es diu així, t'ho diuen així: «Començarem a passar»). El jardiner del poble, que guanya molts diners, perquè cuida els jardins de totes les cases, riques o no, esnifa cocaïna.

—Va, anem a dormir —dic.

—Ja ens fas fora? —fa. Per a ell, la festa comença. Abraço la Gretchen, en Dani i la Francina.

—Vestits de civil esteu molt guapos —els dic. És cert. Estic massa acostumada a veure'ls amb malles negres i samarretes de curses.

—Si ens despertem d'hora, sortim demà —diu ell—. Hem de purgar els nostres pecats.

—Sí —dic jo.

Ens fem petons i ens diem adeu.

Corrent penso:

Sempre li dic a la nena que per a ella el temps va més lent que per a mi. Que quan jo era petita també patia per quan vindrien els Reis. Totes les mares ho han dit. Abans l'estiu era llarg, ara és un sospir. Li dic que la gossa, com que viurà molts menys anys, potser veu passar el temps d'una altra manera més intensa. Per això no recorda les coses que han passat fa un moment. És una defensa del cos. A mi, potser em passa el mateix.

Ens quedem sols el meu amor, la Cristina i jo.

—Fem l'última —li dic a ell—. No t'he vist en tota la nit. On t'havies ficat?

—Això tu! Jo no m'he mogut d'aquí. Has desaparegut.

Vaig al lavabo, a posar-me el lubricant. És cert que no he tossit més.

—Us preparo una cosa? —em pregunta quan torno al pedrís. Aquest «us» fa que m'abandonin tots els sentiments.

—Sí —diu ella.

—Jo tinc gana ara —dic. I agafo patates fregides (rosses) d'una safata de cartró que hi ha allà terra.

—No mengis d'això! —em renya ell.

No li agraden els snacks salats. Diu que fan pudor. Jo, en canvi, vull sal a tothora.

—A més, si menges, *allò* no ens pujarà tant. Ho tens, encara?

La Cristina agafa una patata. De cop les patates són dignificades.

—Com podeu? —diu ell. I riu. Ens ha igualat.

—Sí que ho tinc —dic.

—Jo passo —fa la Cristina.

Ell va cap a la cuina i ens fa un còctel (sento el soroll del gel a dins de la coctelera, un soroll que també forma part de nosaltres). Deixa dues copes a sobre de la taula del Leroy Merlin del jardinet minúscul i les omple. No són per a ell i per a mi. Són per a la Cristina i per a mi. Primer, el líquid es veu blanc, però es va tornant més verd. El tastem, el trobem bo, bevem.

—Jo sí que en vull, si en tens —fa ell.

Vaig al moblet de les espècies de la cuina i en trec una bosseta de plàstic.

Ell de seguida recorda el que s'ha de fer. L'embolica amb paper de fumar, com si fos una piula, i se l'empassa.

—Tu no? —em diu.

Vaig a la nevera a buscar una ampolla de bombolles. Només per a mi, ells no en volen. La destapo i, amb la part de dalt de l'ungla del dit gros, n'alliso el paper de plata del capciró fins a deixar-la plana. La converteixo en un quadrat. Després, en faig una capseta.

—No ho sé. Potser després.

Poso música. Música de la meva.

—Això sempre m'emocionarà —dic.

Obro els braços. Toco el clatell d'ell i el d'ella.

—Segur que tu no en vols, Cristina? —repeteix ell.

Però no contesta. Millor. Encara m'acusaria de «submissió química».

—Veniu, abraceu-me! —dic, doncs. Ho dic de manera que si no ho volen fer, sembli que estic borratxa.

Ell riu perplex. Li està pujant.

Li faig un petó a la boca sense deixar d'abraçar-la a ella. Li agafo el clatell perquè els nostres caps s'uneixin. Encara els passaré algun poll; la nena en tenia, fa dies, i encara li haig de fer «el recordatori». Quan ella en té, jo també. Polls desconcertats en aquell cap rosa.

—Us estimo —menteixo, perquè a ella no l'estimo. Només a ell. I li faig un petó a la galta a ella i un a ell a la boca.

—M'estimeu?

—Sí —diu ell—. Molt. T'estimo molt, més que a la meva vida.

La droga li està fent efecte. Com abans. Aquells ulls, amorosos, de Neptú.

Ara és el torn de la Cristina. Pot dir que estem borratxos, no passarà res. Pot dir que se'n va al llit, no passarà res. Pot fer-me un petó a mi, per començar. Això serà el permís per fer-l'hi a ell.

Li acarono els cabells rosa. N'hi agafo un floc i el cargolo als dits, com si li volgués fer un tirabuixó. Li faig un petó. Llavors agafo el cap d'ell. Ens fem un petó tots tres. Nassos, per allà enmig.

—Sí... —diu dèbilment.

Camino d'esquena amb ells cap a la gespa artificial. Els agafo les mans i els obligo a agafar-se-les. Tinc un desig sexual amorf. Faig veure que estic beguda i abandonada, que no sé el que em faig, que no me'n recordaré, que no penso que a dalt hi ha les nenes. Em trec la roba. Fa massa fred per anar a la piscina comunitària (i la dona de l'escriptor ens veuria). Els ajudo a despullar-se. Ja no hi fa res, ser home o dona. Fem el que podem. El concertino és ell, jo soc la que gira la pàgina; és ell qui s'ha adaptat més ràpidament i qui ara procura no desatendre'ns. Si a mi em toca per baix, a ella la toca per dalt. Riu sorprès. Per la sort que té o per la dissort? Qualsevol amic seu parlaria de sort. No pas per nosaltres dues, sinó pel concepte que suposem. Som un trio. En Dani li va demanar un trio a la seva ex com a regal d'aniversari. No s'ho va prendre gens bé. A mi em fa vergonya tocar-la a ella i no tinc interès en el seu plaer. Ell és una altra cosa. Conec el seu cos, sé, com no sabrà mai ningú, el que li agrada; ho he descobert, mai m'ho hauria confessat, no hauria pogut. Faig que la Cristina el llepi als llocs que sé? M'agradaria, això? És ell qui vol que em llepi la Cristina. M'ho deu. M'ho deuen. Em sento com un director de teatre que vaig veure una vegada, que era a l'escenari dirigint els actors mentre actuaven davant del públic. Aviat fem el que toca. Ell em vol penetrar a mi, ho fa, i li demano que vagi a poc a poc, amb mi ha de ser així, ara. Sense voler, faig més porno que amor. No són per a mi, els trios. Soc massa egocèntrica, no voldria compartir, però ara ja no puc triar (i trio trio). Després li toca a ella. Amb ella es pot anar ràpid, quanta lubricació, quin excés de lubricació, xup-xup, la gent jove. Finalment, li toca a ell, que ens avisa, tendrament, que està a punt.

Soc molt més petita que ell. Això et fa sentir com una cullereta de cafè amb una cullera de sopa. Com un gafarró en una mà. Com la nena a coll. Ser petita fa que tothom t'abraci i fa que tu siguis l'abraçada. Això per força deu fer-te sentir més criatura, tota la vida.

La gossa baixa les escales i ens mira. Ell s'adorm allà, a l'instant; no passa ni un segon i ja s'adorm, ja ronca. La Cristina i jo riem. El tapo amb la manta que ens va regalar la cunyada i me'n vaig (no vull saber què fa ella). Els altres homes han sigut esperes, taps, benes. Ell és l'únic. L'estimo a ell i les ganes que he tingut que m'estimés no em sortien del pit, sinó dels malucs. Només és que ara m'he fet gran de cop, d'un dia per l'altre, a l'edat exacta que tocava. Si no hagués aparegut la Cristina, hauria pogut fer *faking* uns anys més.

L'endemà, quan em vibra el despertador del rellotge, m'adono que no he tossit a la nit. Me'n vaig a l'estudi. Ja és tard per córrer. Em sento com si m'haguessin arrencat el protector transparent de plàstic que tenen els telèfons mòbils. Estic exposada als cops. Brillo més. No em poso cap compresa.

El meu veí ja està escrivint. Tinc uns prismàtics a la taula de dibuix que em serveixen per mirar ocells, fulles dels arbres o núvols, que copio. El veig a tocar. Puc llegir-li la pantalla: «La casa és al final del carrer».

M'envia un whatsapp:

«Hola, veïna!». Un dia em va explicar que dormia molt poques hores. Dues o tres.

«Hwla!», escric jo. I li poso icones alegres i desmanegades. Una copa de vi, un flam, un alvocat.

Ell, una cara d'aquestes grogues, somrient.

«Qur fas desprt?», escric.

«Acidesa estomacal», escriu.

«Culpw mevs», escric.

«Va estar molt bé», escriu.

Trec el cap per la finestra. Saludo. Ell surt al balconet.

—Tothom dorm —dic jo—. T'he fet espionatge industrial.

Sempre aquests clixés.

—T'ha quedat xampany? —pregunta.

—Sí! —crido, alegrement (massa alegrement). I com una nena petita (com una vella fent de nena petita) em tapo la boca, de sobte pensant que despertaré tothom—. Ai! —I llavors, més fluix—. En vols?

—Sí! —fa.

Hi ha una franquesa entre nosaltres dos que no hi havia abans de la festa. Estic il·luminada. Aviat m'espatllaré. Penso en el llum frontal que tinc per córrer de nit. Pots regular-ne la intensitat. Un focus rodó i ample o més estret. Si el fas estret del tot, es torna quadrat. Dura el que dura.

Baixo a la cuina i agafo l'ampolla de xampany de la nevera, mig oberta. Ell, el meu amor, encara dorm a la gespa del tot abandonat, desmanegat. A l'esquena, hi té les marques, vermelles, com si fossin fuetejades, de l'herba. Omplo dues copes. Torno a pujar. N'hi dono una.

—Així treballarem millor —diu.

—Va! —dic tan alegrement com abans—. Tens gana?

—Sí!

Torno a baixar i arreplego canapès, foie, torrades i formatges encetats. Ho poso tot en un plat. Agafo l'ampolla mig plena i també l'hi porto. Tot ho faig com si fos l'últim cop. Esgoto el meu prestigi social, la consideració que se'm té, perquè sé que es perdrà del tot. Salto de la meva finestra al seu balcó. No ho estaria fent si no sabés el meu futur.

—Campiona, eh? —em diu. Es refereix als llibres més venuts de Sant Jordi.

—Ni puto cas —dic jo.

—Ja, molt bé, ni puto cas, però campiona, què collons!

—Les llistes les fan ells i després es queixen que hi ha llistes.

Cada un de nosaltres diu exactament el que toca dir.

—Les llistes les fas tu!

Torno a saltar a casa meva. M'ajuda. Em fa una carícia a la mà. Jo li agafo el dit com si fos un penis en un *glory hall*. És el primer cop en aquest matrimoni de quinze anys que faig una cosa tan explícita amb un altre home. Sé que ell també està pensant en això. Estic fent, cometent, un eufemisme físic. Li toco el dit perquè s'imagini com li tocaria el penis. Estic maltractant la seva dona perquè la Cristina, sense voler, em maltracta a mi. M'amago. Toca fer aquest acte pudibund.

A la cuina hi descobreixo una formiga, al costat de la màquina del cafè. Està explorant. Si la mato impediré que avisi les companyes. Però n'arribaran d'altres. Només és qüestió de temps.

Ell es desperta, ella es desperta (ha dormit a la seva cambra), la nena i les amigues es desperten (i diuen que no han dormit gens, però no és cert). Tots, escabellats, sense gana, com petits robotets que jo faig anar. El jardí és ple de cendrers i de plats de plàstic a les taules. Les nenes diuen que no tenen gana, que no volen llet, que si els dono llet, vomitaran. «Potarem», diuen.

Provo d'escatir si ell i ella es recorden del que va passar.

Ell es fa un cafè (la Cristina i jo, totes dues, ens el mirem amb ulls de retret i una petita espurna de complicitat) i s'estira al sofà. Ella diu que va a assajar violí, però no es mou. Té raó, el meu germà. Vaig fer dibuixos, conscientment exagerats i obscens, on jo em representava expressament petita plorant llàgrimes negres i el tiet i el seu membre expressament gegantins, perquè no em traguessin mai de la prote, perquè no se'ls acudís tornar-me mai a la granja. Aquells dibuixos van ser la meva primera feina. Parlava de mi, però era art.

A l'hora de fer el dinar les forces han canviat. Ell i ella em tenen com por. Potser només és respecte als ancians. Han fet el que volien, però ho han fet a la meva manera. A ell, segurament, li està bé (no li molesta). A ella, segurament no. Encara que sembli mentida, un jove vol exclusivitat, vol egocentrisme en el sexe. Un vell pot ser promiscu, no li cal estar enamorat, ja n'ha estat, ni se'n recorda. Ahir, no vam pensar en si ella es quedava embarassada. No passa res. Que s'hi quedi. Ja ens arreglarem entre tots. És millor, així no em voldran robar la nena.

Ell, encara lent com un peix dels que governa, per l'efecte de la droga, proposa de fer carn a la brasa. Ho entenc: és més social, menys íntim. De seguida em poso a encendre el foc, a fora. Sé fer-ho. Ells no. Ell diu: «Al congelador tenim botifarra i pollastre». Quan ho deu haver comprat i congelat? Els pares de les nenes ja les venen a buscar. «Voleu xampany?». «No, no, que marxem».

Corrent penso:

Una nit teníem posat un documental de National Geographic sobre els maies. Ensenyaven l'escultura d'un presoner a qui havien arrencat el cuir cabellut i mutilat. Mostrava la boca oberta de dolor. A l'esquena hi tenia un feix de llenya, com si fos un cinturó d'explosius, perquè l'havien de cremar. Em va fascinar aquesta practicitat en la tortura. Li havien col·locat els troncs, ben lligats, perquè cremés bé. Havien arribat a aquesta conclusió després de proves, d'assaig i error, amb molts presoners que potser no acabaven de socarrimar-se a la perfecció.

Després de dinar, la nena té repàs. Ell diu que està cansat, que s'adorm, que la festa ja no és com abans, que triga dies a recuperar-se. A mi això encara no em passa, només estic trista. A ella tampoc, esclar.

—Espera't que es faci de nit per dormir, si no a mitja nit et despertaràs —li dic.

—Sí, sí —fa la Cristina.

—Quina hora és, ara? —pregunta ell.

—Les quatre i dos —dic jo. I netejo, sense parar-hi esment, l'esfera del meu rellotge de córrer.

—Ui, no crec que aguanti. Me'n vaig a dormir —diu.

Llavors ens somriu i fa aquells ulls, de mestre elaborador de paté:

—Voleu venir?

Ens mirem. El moment ha arribat.

—No —dic, amb un somriure de primera esposa—. Jo avui, no. Ves-hi tu, Cristina.

I ella s'aixeca i obeeix.

Agraïments

Vull agrair les explicacions musicals del violinista Pere Bardagí. Al professor de filologia clàssica, Sergi Grau, la traducció al grec. A l'Àlex Torío, les «receptes», i a la Ginebra Torío, l'expressió que m'ha deixat copiar. A les meves amigues Sílvia Artés, Maria Sempere i Olivia Breitenstein, els matins inspiradors corrent pel bosc i la frase que m'han regalat. A les companyies T de Teatre, La Brutal i Dagoll Dagom el paràgraf que reconeixeran, que en realitat és aquí on va néixer, però que vam «provar» a l'escenari. Als «farineros» estimats, de la companyia La Farinera, haver-me descobert la cançó. A la ginecòloga Raquel Tulleuda, la documentació. A la dibuixant Cristina

Losantos, les explicacions i, sobretot, el dibuix de la coberta.

Als meus editors i a la meva correctora, el mareig.

Sé que a la plaça Sant Gregori Taumaturg, de Barcelona, actualment no hi ha cap bar, però per qüestions de guió m'anava bé inventar-me'l.